네가 나를 맞이하듯이
내가 너를 맞이하듯이
꽃잎의 어여쁨 같은 아름다운 만남

나는 바람입니다

저 | 한국문인협회 수필분과 회장 지연희 외

한국문인협회 수필가의
짧지만 명료한 5매 수필
의 미학

초판 발행 2018년 4월 28일
지은이 한국문인협회 수필분과 회장 지연희 외
펴낸이 안창현 **펴낸곳** 코드미디어
북 디자인 Micky Ahn **교정 교열** 백이랑 강슬기

등록 2001년 3월 7일
등록번호 제 25100-2001-5호
주소 서울시 은평구 갈현로 318-1 1층
전화 02-6326-1402 **팩스** 02-388-1302
전자우편 codmedia@codmedia.com

ISBN 979-11-86104-85-9 03810

정가 12,000원

나는 바람입니다

한국문인협회 한국수필분과×

문효치 | 사)한국문인협회 이사장

짧지만 명료한 시선

봄이 무르익는 계절, 4월의 꽃잔치가 생명의 부활을 불쑥불쑥 돋아 올리고 있다. 어디선가 스며드는 라일락꽃의 향기가 대문을 두드리는데 한국문인협회 수필분과에서 첫 사화집을 출간한다는 소식이 들려왔다. 큰 경사가 아닐 수 없다. 어떤 일을 도모하고 시작한다는 것은 생각처럼 쉬운 일은 아니다. 더구나 분과의 많은 회원들이 생각을 함께하여 협조해야 하는 일에서부터 힘겨운 일이 아닐 수 없다.

한국문인협회는 1만 5천여 명의 회원 중에 시분과 7천여 명과 수필분과 4천여 명 이외에 소설분과 등의 회원들이 각각 분과별로 활동하고 있다. 수필분과는 해마다 전국을 순회하며 한국수필문단의 문학수필 발전을 꾀하고 회원의 권익과 문우애를 견고히 하기 위해 노력해 왔다. 전국 각 지역의 수필분과 회원들이 원고지 5매의 짧은 매수 안에 극명하게 이야기를 응축하여 '수필'이라는 그릇에 담아내는 작업은 기대를 모으게 한다.

'나는 바람입니다' 출간을 축하드리며 2018년 수필분과에서 추진하는 '제18회 수필의 날' 행사도 성공적으로 개최되기를 기원한다. 이로서 수필문학이 한국문단의 중추적 문학 장르로 거듭나 문학책읽기 수효자의 확충에 일조해 주었으면 한다.

지연희 | 사)한국문인협회 수필분과회장

5매 수필, 그 첫 번째 육성

첫사랑이다. 맑고 순연한 풀꽃의 향기를 닮은 수필의 역사를 짓고 싶었다. 한국문인협회 수필분과에서 발간하는 사화집, 그 첫 번째 육성이 한데 모아졌다. 전국에 산재해 계신 수필분과회원 여러분이 들려주는 5매 수필의 진정한 문학적 가치가 무엇인지 펼쳐 보이는 일이어서 기쁘다. 또한 설레고 벅찬 기대가 한 줄금의 현으로 쏟아져 짧지만 명료한 메시지가 조용히 음률을 타고 있다.

어느 수필가는 '가을 부채처럼 쓸모 없는 여인이 되기 싫다'고 하며, '문학적 감수성이 짙게 스며든 언어로 진주 같은 수필을 쓰고 싶고. 불타는 태양의 열기에 펄펄 끓어오르는 감성의

덧문을　밀치고　은어처럼　　반짝이는　　수필
한　　점　낚아　　올리고　　싶은　　날이다.　'　라
고　　했다.　　반짝이는　　언어의　　행간을　　넘
나드는　　일처럼　　행복할　　수　　있을까.　　쓰
는　　즐거움과　　읽는　　즐거움이　　가득한　　5
매　　수필은　　간결한　　아름다움이다.

　봄날의　　꽃들이　　앞다투어　　피어나더니
어느새　　은행나무　　가지마다　　연록의　　작은
잎들이　　봄바람에　　나풀거리고　　있다.　　은
행나무　　가로수길　　일렬종대로　　서　　있는
새잎들의　　엷은　　속삭임처럼　　함께한　　회원
들의　　첫　　나들이가　　기쁨이기를　　빈다.

Contents

Contents

나는 바람입니다

무지개를 허공 속에 숨기고 있는 그
대, 나는 언제나 무지개를 피울 수 있
을지 묻고 싶다. 영원이 어디에 있는
지 묻기 전에 그대를 우러러 부끄러
움이 없기를. 그대 나의 하늘이여.

- 유혜자 「나의 그대」 중에서

   파도 소리가 들린다. 철 지난 바닷가, 허덕이며 달려온 한 사내가 모래밭에 철퍼덕 주저앉는다. 바다를 망연히 바라보다가, 등을 굽혀 무릎 사이에 얼굴을 묻고 깊은 상념에 빠져 있다. 시린 앞에 내던져진 사내의 긴 머리카락이 바람에 휘날린다. 뒤척이며 달려온 바다는 넓은 가슴으로 처진 어깨를 감싸 안는다. 등을 다독인다. 그래 그래, 상처 없는 영혼 어디 있다더냐. 사시장철 춤추는 바다도 속울음으로 퍼렇게 멍이 들었다. 쓰러지는 영혼을 일으켜 세워 위안을 주는 바다, 어머니 손길이다. 얼마나 지났을까. 하늘과 맞닿은 수평선에서 들려오는 선율, 파도를 타고 달려온 음악의 여신은 오선지 위에 빛살 한 모습 뿌려 놓는다.

   볼륨은 높이고 32 page를 듣는다. 길을 갈 때나 잠자리에 들어서도 핸드폰에 저장된 기타 연주를 듣는 것은, 기타리스트를 사랑하기 때문이다. 음악에 전문지식은 없지만, 나는 그의 수많은 기타 곡 중에 32 page를 백미로 꼽는다. 그와 기타는 둘이 아니다. 부모 형제는 떨어져 살아도 기타와는 한시도 떨어져 본 적이 없다. 그가 울면 기타도 울었고, 그가 웃으면 기타도 신명이 났다. 문자 없는 언어, 음악만 들어도 무얼 말하는지 너무 잘 알기에, 눈물 같은 아픔이 잘박잘박 가슴을 밟고 지나간다.

   자기가 좋아하는 일에 전념하는 모습은 아름답다. 하지만 열악한

약력 | 1998년 『한국수필』 등단. 수필집 『천년의 부활』 『흑백사진』. 원종린문학상, 전국향토문화공모 우수상, 경기도수필문학상, 인산기행수필문학상

환경에서 예술의 길을 택한 사람은 가난도 고통도 걸머져야 한다. 돈도, 백도 없는 부모는 '음악은 취미로나 하라'며 한사코 말렸고, 주위에선 허황한 꿈을 꾸는 철부지라고 겉멋 든 사람 취급을 했다. 염려하던 대로 예술의 길은 멀고도 험했다. 물질만능시대에 경제적 능력이 없는 남자는 가정이나 사회에서 점수를 받지 못한다. 시끄러운 합주 때는 마을에서 멀리 떨어진 컨테이너를 빌려야 했고, 허름한 건물 지하를 개조해 기타 몇 명 가르치며 근근이 생활을 이어갔지만, 그는 가난이 부끄럽지 않았다.

평온한 바다는 익숙한 사공을 만들지 못한다. 온갖 고난을 극복하고 거친 물살을 헤쳐 나온 그는, 망망대해가 두렵지 않다. 공연이 많아져 바쁘다는 기쁜 소식, 예술의 가치를 인정받아 뛰어다니는 아들을 바라보며 그의 어머니는 세상을 다 얻은 듯 설레고 행복하다. 오늘도 나는 32 page를 듣는다. 가슴 적시는 파도와 애잔한 기타 소리, 그의 지난 이야기를 듣고 또 듣는다.

10여 년 전, 우리 집 담에 붙은 28평짜리 땅을 매입했는데, 구청에서 관리하는 체비지였다. 그 나대지에 주민들이 몰래 쓰레기를 버리는 통에, 악취가 진동하고, 파리도 들끓어 구청에서 그 땅을 매입하라는 공문이 와서, 나도 응찰했더니 다행히 낙찰돼 내가 의젓한 땅 주인이 됐다. 그간은, 옆에 있는 교회가 교인들이 주차장으로 쓰라고 자갈을 1자가량 쏟아부었던 모양이다. 나는 그 밭에 곡식을 심으려고 했으니 얼마나 어리석고 무모한 짓이었나! 여러 가지 들어간 비용에 비해, 소득은 형편없었다. 씨를 뿌려도 발아가 안 되고, 씨가 났다 해도 곧 말라죽고 말았다. 속만 썩고 고생만 지지리도 했다. 그런 일을 농민들도 많이 겪어 봤을 것이다. 그래서 나는, 농산물을 살 때 절대로 값을 후려치지 않는다. 코딱지만 한 땅을 부치는 데도 필요한 연장은 왜 그리도 많던가.

올해에는 참깨를 심기로 하고 어렵게 씨를 구해 시기에 맞춰 심었는데, 극심한 가뭄 탓에 거의 발아하지 않고 잡초만 잘도 컸다. 여름 내내 고생하며 농사를 지었지만, 가을에 수확한 결과는, 맥주잔 한 잔 정도였다. 헛바람 났다. 늙은이가 키질하며 궁상을 떨어 알맹이만 골라냈는데…. 궁상떠는 꼴을 이웃들이 봤다면, 얼마나 우스웠으랴. 창피스런 일이다. 내년에는 고생 좀 덜하는 호박을 심을까 한다. 처음에 퇴비만 듬뿍 넣으면 잘 뻗어 나간다. 나중에 가리비료만 추가로 주면 열매가 잘 열릴 것이다. 초여름부터는 애호박이 열릴 것이다. 그걸 뚝 따다가, 잘게 썰어서, 프라이팬에 늘어놓고, 놀놀하게 익히면, 시원한 막걸리 안주로는 으뜸이다. 초여름, 애호박이 주섬주섬 열리거든, 이웃에게도 두루 나누어 줄 거다. 소소한 나눔이겠지만, 가치 있는 보시가 아닐까 싶다. 받는 이들도 좋아할 테고, 선뜻 주는 내 마음도 더불어 행복할 것 같다.

꽃과 사람

강헌순

깊은 겨울잠을 자던 대지가 실눈을 잔조롭게 뜨며 기지개를 켜고 있다. 사방팔방으로 쪼르르 달려가서 봄이 왔다고 속살거리는 명지바람의 활약만 있는 게 아니다. 달콤한 빗물과 따뜻한 햇살도 일조한 까닭이다.

여기저기에서 톡톡 꽃망울 터지는 소리가 경쾌하게 들려온다. 가지마다 총총 봄을 매달고 있는 매화 벚꽃 참꽃 개나리는 봄꽃의 대명사이다. 이 꽃들은 대체로 일시에 피었다가 일시에 지는 것이 특징이다. 더구나 아섭게도 단 며칠만 얼굴을 쏘옥 내밀었다가 서서히 자취를 감추어 버린다. 비록 짧은 순간이었지만 자신의 화려했던 나날들은 가슴에 묻어 두고 다음 무대를 빛낼 장미, 수련, 수국, 원추리들한테 자리를 내주기 위해서다.

바라보는 것만으로도 마음을 들뜨게 해주는 꽃은 우리가 기쁘거나 슬플 때도, 생을 끝내는 날까지 영원히 같이할 것이다.

올봄에는 꽃소식과 선거 소식이 함께 찾아왔다. 모두들 한결같이 능력 있는 참다운 일꾼은 오직 자신뿐이라고 목청을 돋우고 있다. 그

약력 1993년 『한국수필』 등단. 수필집 『좋은 예감』 등 4권. 경남수필문학상, 경남문협우수작품집상, 한국수필문학상 등. hyunsoon52@hanmail.net

들이 대단한 프로필을 내세우며 설령 실현 불가능한 공약을 내걸더라도 우리는 부디 이루어지길 바라며 평화롭고 안정된 세상을 잠시 꿈꾸어 보기도 한다.

예전의 선거 상황을 돌이켜 본다. 입후보자들이 자신의 승리를 위하여 새빨간 거짓말로 상대를 비방하고 국민을 우롱하는 현장을 목도하면서 진저리를 치던 생각이 난다. 또한 자신이 자신을 과대평가하는 것을 듣고 볼 때는 마치 사향노루가 바람 부는 언덕에 서 있는 듯하여 몹시 역겨웠다.

눈부시도록 고운 자태와 그윽한 향기를 지닌 꽃은 결코 자신의 모습을 과시하지 않는다. 자기를 봐달라고 소리치지도, 손짓하지도 않는다.

올봄의 선거인들은 묵묵히 자신의 내면을 잘 가꾸어 영명한 한 송이의 꽃으로 피어 있으면 좋겠다. 예쁜 꽃이 보고 싶어 먼 길 마다않고 찾아가듯 지혜로운 유권자들이 자연스럽게 몰려들지 않을까 싶다.

어느 혼족의 편지

권남희

　　하루의 일과 중 혼자 맞는 점심시간은 환절기를 겪는 일처럼 사람을 앓게 만듭니다.

　식당가에서 4인용 식탁을 넘보다가 종업원의 마땅찮은 눈빛과 마주칩니다. 흠칫 놀라 물러서는 뒤로 젊은 직장인들이 몰려옵니다. 혼자 먹을 수 있고 바 형태 테이블이 있는 라면과 우동을 파는 곳으로 발길을 돌립니다. 다시 '그 짓?'도 지겨워져 편의점으로 향합니다. 편의점 안은 벌써 컵라면을 먹는 학생부터 혼자 한 끼를 해결하려는 젊은이들로 붐빕니다. 주방이 있는 편의점도 있으니 웬만한 식당입니다. 쇠고기김밥, 샐러드, 과일, 우유 이렇게 성찬을 챙겨 공원으로 갑니다. 그곳은 여행지 같다는 생각이 들어 괜히 설레기도 합니다. 점심 보따리는 공원 테이블에 팽개쳐 둔 채 갈색 솔방을 줍기 시작합니다. 가을에 취해 점점 안쪽으로 다가가다가 멈칫했습니다.

　낙엽에 배를 깐 채 햇살을 등에 업은 고양이 한 마리가 낮잠을 자고 있습니다. 자전거도 한 대 공원 벽에 기대어져 있습니다. 혼자만의 시

약력 1987년 『월간문학』 수필 당선. 수필집 『목마른 도시』 등 7권. stepany1218@hanmail.net

간을 즐기는 낭만고양이임에 틀림없습니다. 누구와도 어울리지 않고 늘 혼자이며 숨기 좋아하는 고양이를 도심 곳곳에서 마주치곤 합니다. 사람을 경계하며 자동차 밑으로 숨거나 달아나는 그들에 비해 낮잠 자는 고양이는 의외입니다. 부스럭 소리에 고양이가 얼굴을 들어 나를 바라봅니다.

'미안해, 쪽잠을 깨웠어' 나는 뒷걸음질 칩니다. 고양이는 다시 아무 일 없다는 듯 눈을 감습니다. '너쯤이야 별거 아니지' 이런 것일까요. 다시 잠을 청하는 고양이를 보며 나는 뻘쭘하게 서 있습니다.

독립적이고 혼자 있기 좋아하는 고양이는 진즉부터 혼족인데 우리 시대는 1인 가구 500만 시대라 호들갑을 떨며 혼족 문화를 시대의 그늘로 치부합니다.

혼밥, 혼술에 혼자 여행가고 혼자 살아가는 일이 새삼 대단한 일은 아니지 않은가요. 기댈 수 있는 벽에 몸을 맡기고 낮잠에 취한 혼족 고양이처럼 혼자 놀며 대담해져도 되겠습니다.

깜빡이를 켜는 이유

권현옥 ────

깜빡, 깜빡.

제가 깜빡이를 켜는 이유는, 차선을 바꾸겠다는 의사입니다.

제 존재를 확인한 당신에게 조금만 그 속도를 지켜 달라는 부탁입니다.

깜빡, 깜빡, 깜빡.

당신을 놀라게 하려는 게 아니고 제가 두려워하고 있다는 표시입니다.

당신 길에 끼어든 것처럼 보이지만 당신 길을 막을 생각은 없습니다.

당신 앞에 서고 싶은 것이 아니라 그 길 안으로 들어서겠다는 간절함입니다.

깜빡, 깜빡, 깜빡, 깜빡.

등 뒤에선 의미 없는 일이기에 당신이 보는 앞에서 호소하는 겁니다.

거리를 두고 깜빡이를 켭니다만 적당한 거리란 언제나 저에게서 나옵니다.

저의 깜빡이에 놀랐다면 제 이기심도 있을 겁니다.

이유 없는 당신은 방어할 수밖에 없겠지요.

깜빡, 깜빡, 깜빡, 깜빡, 깜빡.

그냥 해본 길 위의 장난이 아니란 걸 당신도 알겠지요.

약력 2001년 『현대수필』 등단. 수필집 『갈아타는 곳에 서다』 『속살을 보다』 『속아도 꿈결』 구름카페 문학상선집 『커졌다 작아지다』 현대수필가 100인선 『귀지 파는 법』 doonguri@hanmail.net

차선車線의 선택이지만, 생명의 진지함이 커지는 순간입니다.

깜빡이를 켜는 순간, 깜빡깜빡 소리보다 더 크고 빠르게 제 심장은 뛰고 있습니다.

당신이 너그럽게 허락한다면, 나는 당신과 일정한 간격으로 동행입니다.

저는 또 앞만 보고 가겠지만 등 뒤의 당신이 고맙습니다.

깜빡.

　　　　　이번 추석 전에 어릴 때 살았던 고향 집을 찾아갔다. 십여 년 전에 지인이 우리 집을 포함한 몇 채를 사서 축사로 만들었다는 소식을 듣고, 고향 집 근처도 가지 않았다. 추억이 깨질까 봐. 그러나 유년의 추억이 그리워서 이번에 찾아갔다.

　　가보니 축산공해만 가득했다. 안채, 사랑채 흔적도 없고 집터에는 거대한 축사만 있을 뿐이다. 혹시 뒤꼍은 흔적이 있을지 모른다는 생각에 뒷동산으로 올라가 봤다. 풀이 무릎까지 올라와 풀숲을 헤쳐 길을 내며 집 뒤쪽으로 가보았지만 무성한 울타리만 보였다.

　　문득 어려서 동산에서 바라봤던 시야가 한눈에 들어 왔다. 우측의 산등성이에서 산자락으로 내려와 확 트인 들판이 그대로 보였다. 들판 위의 파란 하늘도 여전히 맑았다. 저 산 너머에 파랑새가 있다는데 진짜 있을지 궁금했었다.

약력 2014년 月刊『文藝思潮』등단. 1995~2011 중학국어, 고교문학 교과서 저자, 『한국민속문학사전』 queenjoa@naver.com

우리 집은 없어졌으나 산등성이와 들판과 파란 하늘은 변함없이 나를 반겨 주었다. 그들을 바라보니 그동안 집이 사라진 것에 대한 섭섭한 마음이 부드럽게 녹아내렸다. 댐 건설로 고향이 수몰되어 흔적조차 없는 친척에 비하면, 집터라도 산등성이라도 있는 것이 얼마나 다행인가. 갑자기 맥이 탁 풀렸다. 정겹게 바라본 풍경이 행복으로 몰려왔기 때문이다. 함께 간 막내가 물었다.

"엄마 뭐에 홀린 사람처럼 길도 없는 데를 헤쳐 가셔서, 뭐가 있나 했는데 풀만 무성하네요. 뭘 보러 오신 거예요?"

"엄마가 두고 온 파랑새를 찾았다."

이해의 깊이가 사랑의 척도다

김명중

나는 아내와 등산가면서 아내가 차 사고를 낸 일이 있다. 앞차를 들이받은 것이다. 순간 "도대체 눈이 어디 달렸어, 길에서 죽을 뻔했잖아." 욱박지르는 말을 잘 참고 "그럴 수도 있지, 몸은 괜찮은가?"라고 아내의 속상한 마음을 달래주는 성숙함을 보여준 일이 있다. 차 사고로 인한 속상함으로 잘못의 대가는 충분하기에, 이때 남편의 할 일은 속상함으로부터 든든한 바람막이가 되어주는 일이라고 생각한다. 아내가 잘못했을 때는 남편은 이해심을 발동하여 아내에게 감동을 줄 좋은 기회이지, 아내의 잘못을 꼬집어 아내의 기를 죽일 절호의 기회는 아닌 것이다. 아내가 차 사고 때 먼저 연락하는 사람은 남편이라고 보험회사 직원은 말했다.

병원에서 몇 년간 남편 병 수발을 하던 친구의 부인이 남편이 죽은 한동안은 먹먹하다가 그간의 남편을 생각하며 주고받은 연서를 읽고 눈물 흘리며 발간한 추억록에서 아내는 말했다. "남편이 병상에 누워 있어도 그때가 든든했어요. 남편이 아내에게 줄 가장 큰 선물은 돈도 아니고 꽃도 아니며 '든든함'입니다."라고 적고 있다.

아내가 남편으로부터 가장 받기 원하는 선물은 '든든함'이다. 남편은 가정의 든든한 기둥이 되고 흔들리지 않는 바람막이가 되어 아내

약력 2015년 『미래시학』 등단. mjkim1004@gmail.com

에게 다른 큰 도움은 주지 못해도 최소한 든든한 믿음 하나는 주어야 한다고 생각한다. 아내의 마음에 '갑갑함'을 주는 남편의 행동은 '깐깐한 행동'이다. 깐깐함은 세상을 살아가는 데는 필요해도 아내에겐 결코 필요 없는 것이다.

남편은 '꽉 막힌 깐깐한 존재'가 되기보다는 '꽉 찬 든든한 존재'가 되어야 한다. 사람이 꽉 찬 존재가 되려면 무엇보다 '이해심'이 필요하다. 남편은 아내의 감정과 정서를 읽을 줄 알아야 하고 이해력은 부족해도 이해심은 풍성해야 한다. 아내는 남편이 이해하기 힘든 특별한 감정과 정서가 있다. 아내가 백화점 좋아하는 것이 도저히 이해가 안 되어도 힘써 이해해야 한다.

외출할 때 아내가 화장대 앞에 너무 오래 있으면 "발라봐야 소용없어" 등은 아내의 감정에 멍울이 된다. 아내가 감정을 너무 내세워도 문제지만, 남편이 아내의 감정을 너무 무시하는 것은 더 큰 문제다. 진정한 사랑의 원료는 열정이라기보다는 이해이고, 이해의 깊이가 사랑의 척도이기 때문이다. 이제 아내를 이해하고 아내의 든든한 바람막이가 되는 남편의 길을 걸어가고 싶다.

　　　　일찍 찾아온 가을이 먼빛에서 서성이고 있다. 아직도 멀쩡한 햇볕을 두고 전면에 나서기가 계면쩍어 주춤거린다. 나뭇잎에 노란색을 칠하며 가을의 시작을 알리려고 지금 나뭇잎을 물색 중이다. 머지않아 사람들이 변화를 알아보고 새로운 계절을 반길 것이다. 지난여름이 성장의 자취를 남기고 떠나가는 모습을 보고 사람들은 섭섭해하면서도 따뜻하게 배웅해 준다. 더위에 풀어졌던 분위기가 서늘한 아침 공기에 종종걸음을 치며 활기를 되찾는다. 한해의 끝자락에서 바람이 다시 나뭇잎을 흔들고 있다. 매년 맞이하는 가을이지만 이별을 고하는 나뭇잎을 바라보며 사람들은 내년 봄의 만남을 이야기한다.

　　올가을은 비바람이 적어서 단풍이 오래 지속되며 가을의 정취를 길게 남기고 있다. 여름에는 물가를 맴돌던 잠자리들이 동산으로 올라왔다. 바람이 습기를 내려놓기 시작하면서 된장잠자리가 마당 안팎을 나르다가 이윽고 고추잠자리까지 합세하여 푸른 하늘에 수를 놓는다. 파란 하늘을 배경으로 빨간 선을 긋는 계절의 전령사를 보면서 정점으로 치닫는 가을을 짐작한다. 갈무리를 재촉하는 바람이 점점

약력

2015년 『한국수필』 등단. muwangkim@daum.net

기세를 올리고 산과 들은 매일 옷을 바꾸어 입으면서 계절의 깊이를 알린다. 여문 곡식과 붉은 과일의 향연을 즐기는 사람들은 모처럼 만난 풍족한 생을 즐긴다.

한동안 도롯가와 마을 어귀에 많이 심어 놓은 은행나무들이 노란 잎으로 가을을 활짝 열고 있다. 사람들은 바쁜 일상에 달음질치는 시간을 잊고 지내다가도 문득 아스팔트 위에 깔린 은행잎을 보고 선명한 가을 색에 발길을 멈춘다. 가을 잎은 마을의 분위기를 화사하게 띄우고 사람들을 밖으로 이끌어낸다. 노란색으로 뒤덮인 아스팔트 길을 한 폭의 예술사진으로 담기 위해서 사람들은 카메라를 가지고 밖으로 나온다. 검은 포도 위에 누운 잎들이 햇빛을 받아 노란색을 한 움큼씩 반사시킨다. 수북이 쌓인 낙엽 더미 위에서 바람이 불 때마다 은행잎은 삼각 치마를 살랑대고 구르며 재주를 부린다. 동네 갓난쟁이들은 구르는 잎사귀를 잡으려고 뒤뚱거리며 뛰어본다. 갓 낙하한 잎들은 아직도 윤기를 간직한 채 서로 의지하며 포개어 눕는다. 마침내 찾아온 이별이 못내 아쉬워서 서로 볼을 부비며 마지막 인사를 나누고 있는 모습을 보면 가을의 정경은 숙연하고 아름답다.

마음을 비우듯 옷장을 정리한다. 날씨가 한 주 사이에 완연한 봄으로 건너오다 보니 겨우내 입던 옷 정리를 더 이상 미룰 수가 없었다. 요즘 날씨 같아선 봄이 나만 두고 여름으로 훌쩍 건너가 버릴까 봐 겁이 났다고나 할까. 사실 이젠 계절을 따라가는 것조차도 숨이 가쁘다.

사업장 일로 항상 밤늦은 시간에 귀가를 하게 된다. 피곤하다 보니 입었던 옷은 훌러덩 벗어 옷장 속에 던져두고, 대충 씻고 그날 하루의 마침표를 찍기가 바쁘다. 다음 날 서둘러 출근하기 위해 옷을 뒤적거리다가 늘 눈앞에 보이는 옷만 대충 걸쳐 입게 된다. 그러다 보니 옷은 항상 수북이 쌓여 있다. 그러나 서랍 밑에 깔린 옷들은 그 계절 구경도 한 번 못 해보고 다시 깊은 장롱 속에서 일 년이라는 긴 잠을 자기가 일쑤다.

겨우내 입던 옷들을 밑바닥까지 긁어 내놓았다. 빨 것들을 골라내고, 기지개도 한번 펴보지 못하고 개켜진 그대로 보관함으로 다시 들어갈 옷들을 분류하기 시작했다. 그중에는 이삼 년 동안 한 번 꺼내

보지도 않은 옷들과 심지어 처녀 적 입던 옷들도 나란히 끼어 있었다.

사실 모든 옷에 집착이 간다. 나중에 살 빠지면 또 입을 수 있겠지. 추억이 담긴 옷이어서 버리기도 아깝다. 갖가지 사연들을 간직한 옷들이 다시 옷장 속을 빼곡히 점령해 버린 채 나를 보며 빙긋이 웃는다.

그 옷들을 보면서 새삼 나의 습성을 보게 되었다. 어릴 적부터 물건들을 버리지 못하고 차곡차곡 쌓아두는 나의 집착. 그 집착은 비단 옷뿐만은 아니었다. 내 손아귀에 들어온 것들은 놓아 줄 줄 몰랐다. 물건뿐만 아니라 사람까지도, 나의 집착이 나도 모르는 사이 주변을 숨 막히게 한 것은 또 아니었을까.

보관함에 넣었던 옷들을 도로 쏟아내어 다시 분류하기 시작했다. 최근 이삼 년 동안 입지 않았던 옷들을 아파트 입구에 있는 재활용함에 갖다 넣었다. 잠자던 옷들이 날개가 돋치며 새 생명을 얻는 듯했다.

참 홀가분하다. 어디 옷뿐만이겠는가. 우리들 마음도 묵은 옷 정리하듯, 묵은 감정과 집착들을 훌훌 털어내면서 살아야지 싶다. 마음이고 집이고 빈 구석이 있을 때에 비로소 새 기운이 채워지지 않을까.

      어머님과 치매 정기검진 날, 진료실 앞에서 차례를 기다리고 있었다. 눈의 초점이 흐릿하고 몸놀림이 느릿느릿한 백발 할아버지가 베레모를 쓰고 한껏 멋을 낸 젊은 여자 손에 죄인처럼 이끌려 나온다. 동지섣달 찬바람이 쌩 도는 여자의 표정을 보며 며느리일까, 딸일까 생각해본다. 아마 그 여자는 노인의 치매 판정을 막 받고 나오는지도 모르겠다. 앞으로 저 노인 수발에 대한 걱정으로 머리가 복잡할 수도 있으리라고 짐작하지만 아무리 그렇다 해도 잠깐만이라도 인간에 대한 연민을 가지면 안 될까.

  그 뒤를 이어 여든은 족히 넘었을 노부부가 나온다. 남편의 한 손은 아내의 등을 감싸고 있다. 이곳이 병원만 아니라면 어느 볕 따뜻한 날 금슬 좋은 부부가 마실 나온 것처럼 보인다. 다음 약속을 위해 간호사를 기다리던 그들 부부는 한 폭의 정물화처럼 앉아 있다. 아내의 표정이 없는 걸로 보아 치매인 듯하다. 남편은 아내의 옷매무새를 고쳐주다 이마 한쪽 끝에 검은 것을 발견하고 언제 기미가 끼었느냐며 얼굴을 어루만진다.

약력 2005년 월간 『수필문학』 등단. 수필집 『즐거운 고통』 『달콤한 슬픔』 제5회 남촌문학상, 제5회 조경희수필문학상 신인상, 제1회 서정주문학상

파킨슨에 걸린 이모를 이 년째 집에서 간병하는 이모부가 나는 불가사의하다. 환한 집에 들어서면 주부가 침대에 누워만 있는 집이라고는 믿을 수 없을 만큼 냄새 하나 나지 않고 화초는 윤기를 뿜고 실하다. 금방 빗질이 다녀간 듯 이모의 머리도 정갈하다.

"불쌍해. 한창나이에 저렇게 되어 안쓰러워."

한 시간째 이모에게 유동식을 떠 넣어 주며 말씀하신다. 그리고 나서야 겨우 자신을 위한 수저를 든다. 친구와의 만남을 접은 지 오래된 이모부의 유일한 외출은 이른 아침 한 시간 정도의 탄천 산책이다. 이모부는 이제 그만 요양원에 보내시라는 자식들의 권고를 못 들은 체하신다. 요양보호사들이 새벽에 두 번이나 기저귀를 갈지는 못할 것이라고, 밤새 오줌 싼 기저귀가 얼마나 불편하겠느냐며 이모의 머리를 쓸어 넘긴다.

저 힘의 근원은 무엇일까? 두 부부에게 도대체 무슨 일이 있었던 걸까. 사랑일까, 연민일까, 도리일까, 세상에 대한 예의일까.

아침 산책길을 가다가 길섶에 핀 강아지풀을 보며 미소를 머금는다. 강아지풀을 보면 첫 손녀가 생각나는 까닭이다. 처음 그 녀석이 이 세상을 두들겼을 때다. 듬직한 장신의 사위가 웃으며 성큼성큼 다가와 강보에 싼 작은 아가를 내 품에 안겨 주려 했다. 그때 나는 두 손을 모아 아가에게 경건히 합장부터 올렸다. "오느라 고생했구나. 우주의 어느 먼 곳에서 이 세상으로 왔느냐." 귀하고 경이로운 생명을 환희에 벅찬 가슴으로 받아 안았다. 내 생명의 연줄이었고 신비한 출현이었다.

대체 이 세상 모든 생명의 근원은 어디서 비롯한 걸까. 이것이 궁금하여 죽지도 못하겠다고 웃었다. 산통이 힘들어서 제 남편이 이마에 얹어 위로하던 손조차 무겁다고 투정하던 딸이, 엄마가 만져 주니 이상하게 산통도 덜하고 기운이 난다면서 의사가 예측한 출산 시각을 몇 시간이나 당겨 출산한 것도 신기했다. 열기가 후끈한 산후입원실인데 나는 왠지 발바닥이 견딜 수 없이 시렸다. 양말을 껴 신어도 소용없었다.

그런데 집으로 돌아오려고 차를 타자마자 그 겨울에 그 증상이 거짓말처럼 사라지는 것이었다. 엄마의 기운이 핏줄로 이어진 딸에게로 다 쏠려서인가. 그때 언뜻, 예전에 어느 도인께서 하시던 말씀이 생각났다. 김 선생은 기가 하도 맑아서 갓난 아기도 기운을 다 빼가니 조심

약력 순수문학상, 황희문화예술상, 황진이문학상, 월파문학상, 매월당문학상, 한국문인상, 한국신문학상, 대한민국문화예술명인대전대상. 수필집 『안개바람』, 시집 『그대앞에 풀잎처럼』 『흙을 훔치다』 기타

하라는 알지 못할 말씀이셨다. 어른은 도리어 아이에게서 기운을 받는다고 말하지 않는가. 참 이상스런 일이었지만 이 현상은 오로지 자식을 위하는 어미의 간절한 염원 때문에 그런지 모른다고 생각했었다.

딸이 둘째를 낳았을 때, 나는 통통걸음을 걷는 첫 손녀를 데리고 산후조리원 부근의 뜰에서, 동생에게 엄마를 온통 뺏겨 떼를 쓰는 아이에게 강아지풀을 꺾어 안기며 달래고 놀아 주었다. "강가지푸이, 강가지푸이." 그때 내 손을 잡고 이름을 뇌었던 아이는 아마도 최초로 식물의 이름을 배운 것일 거였다. 그 후로 저희 아파트 화단가에서 누렇게 말라 있는 겨울 풀들 중에서, 포슬거리는 강아지풀을 발견하면 아이는 곧장 넘어질 듯 달려가 "강가지푸이(강아지풀), 강가지푸이." 하고 이름을 말했다.

내 혈손을 갖게 된 감격에 찬 새내기 할머니와 넘어질 듯 뒤뚱대며 위태로이 달려가는 아이와 그 조그만 손에 들린 마른 강아지풀과…. 가을이 깊어가는 아침 산책로, 길섶의 강아지풀에서 유정한 추억을 떠올리며 문득 옛날에 내 어머니가 "내 강생이"라 부르며 나의 딸을 안아 주었듯이, 나의 손녀를 꼭 껴안아 보고 싶은 그리움에 자르르 가슴을 젓다.

내 사랑 내 곁에서

　　겨우 달포 정도 남았을까 말까 한 졸업 날짜를 손꼽아 기다리며 6학년 교실에서 철없이 뛰어놀던 개구쟁이 어린 시절의 그때가 이제까지의 내 삶 중에서 가장 행복했던 순간이었던 것 같다.

　　담임 선생님께서는 겨울 방학 내내 무보수로 중학 입시를 위한 과외 수업에 과로하셨고 학사 일정도 거의 끝나가고 하여 우리들에게 만판 자유 시간을 주셨다.

　　점심시간을 앞둔 난로 위에는 도시락으로 마천루 빌딩 숲을 이루었고, 거기에서 구수하게 퍼지는 김치 익는 냄새가 온 교실을 뒤덮었다. 난로를 가운데로 하여 발갛게 익은 얼굴들을 한 꼬마들이 둥글게 모여 앉아 돌아가면서 수다를 떠는데, 내 차례가 되자 「삼총사」의 한 대목을 맛보기로 들려주었다.

　　어찌나 재미나게 들어 주었던지 결국 여러 날에 걸쳐 「몬테 크리스토 백작」과 「집 없는 천사」까지 묶은 시리즈로 종잘거리게 되었다. 꼬마 시청자들의 흥미와 호기심이 절정을 이룰 때엔 더욱 신바람이 나서 자기가 무슨 달타냥이나 에드몽 당테라도 된 양 시범을 보인다면

약력 2003년 『수필춘추』 등단. 현산 문학상. samsuk39@hanmail.net

서 개구쟁이 몇몇과 나무 막대기를 휘두르며 이 책상 저 책상으로 뛰어올라 일대 활극을 벌이다가 그예 선생님께 혼난 적도 있었다.

전후戰後의 어려운 때였지만 이렇게 재미난 책으로 전혀 위축되지 않은 어린 시절을 보낼 수 있었다.

중3 때에는 마르그리트 고티에를, 고1, 2에 와서는 알리사와 테스를 깊이 사랑했고, 3학년 때에는 뫼르소와 므이쉬낀 공작에게 연민의 정을 느꼈다. 황혼기인 지금도 좋아하는 인물이 있느냐고 누가 물으면 얼른 G.깃싱과 김진섭 그리고 전혜린과 이청조 여사를 댈 수 있을 것 같다.

돌아보매 이들을 좋아하고 또 사랑하며 연민의 정을 느끼는 것은 그대로 문학에 대한 사랑이었음을 깨닫는다. 그것은 내가 외롭거나 흔들릴 때마다 내 곁에서 굳건히 붙들어 준 위로자였고, 아직도 여전히 내 삶의 지침을 마련해 주는 인도자이기에 그에 대한 내 사랑 또한 변함없으리라.

가을에 부치는 나의 기도

김복동

　　가을 들길을 걷노라면 자잘하게 피어 있는 들꽃들이 무척이나 대견스럽다. 지루했던 여름의 자리, 그악스럽게 퍼붓던 하늘의 심술도 의연하게 버티어 내고 오히려 줄기를 곧게 세우면서 꽃을 피운 그 기상이 놀랍도록 고결하다.

　　이 가을 내 안에는 집 떠난 사람을 기다리게 하는 쓸쓸한 바람이 분다. 돌아와야 할 사람은 불러도 꼼짝 않고 정녕 길을 잃어 못 오는지. 그리하여 가슴에 타는 등불 하나 달아 놓고 그 빛으로 오라 기도를 한다. 야속하다고, 어서 일어나라고, 끝내 절규가 아니기를 바라면서 기도를 한다.

　　나는 많은 사람들에게 빚을 진 채무자의 입장이다. 여러 번 옮겨 다녀야 했던 병원, 그리고 여러 번 해가 바뀌어 오는 긴 시간을 뇌졸중과 폐렴, 부정맥으로 투병하는 가족을 두었다. 중환자실에서 고독한 나날을 보내는 가족에게 지금 보호자가 할 수 있는 것은 아무것도 없다. 또 아무것도 해주지 못한다는 이 자괴감은 때로는 조용하게 기도 하는 시간으로 채워 주었다. 눈을 뜨고 보면 이 가을이 얼마나 선명한 가. 잘 익으면 까맣고 노랗고 파랗고 빨갛고 자줏빛으로 각기 제색을 띄고 노래하고 있다. 어디 이것이 가을뿐이겠는가 우리네 인생도 이와 같은 것을. 건강을 잃으면 다 잃는다는 말이 있듯이 건강은 지키는 자의 몫이다.

그동안 환자의 곁을 지켜준 수많은 간병사와 의료진 그리고 간호사와 봉사자 모두에게 감사함을 전하고 싶다.

들길에서 만났던 꼿꼿한 꽃은 마지막으로 열매를 두고 가지만 인연으로 만났다가 낙엽으로 돌아가는 사람들은 아마도 사랑의 의미를 좀 더 깨닫는 날이 될 것이다. 어느 날 문득 생각을 고쳐보니 아직은 한 하늘 아래 가족이 있다는 것이 서럽지 않았다. 내 운명이 이렇다면 달게 받아야 할 내 삶의 여정이니까.

이렇게 경건하게 물들어가는 나의 기도가 더 이상 흔들리지 않는다면 환자의 환우는 조금씩 나아지리라 기대해본다.

그것 봐라

김산옥

둘째를 낳았을 때, 할머니네 갔던 큰아이가 열흘 만에 집으로 왔다. 내 가슴에 안긴 동생을 처음으로 본 딸아이가 말없이 바지에 오줌을 쌌다. 나는 엉덩이를 때리며 심하게 야단을 쳤다. 그러면 안 된다고.

오랜 세월이 흘렀지만 동생을 내려다보던 큰아이의 슬픈 표정을 지울 수 없다. 오줌을 쌌다고 야단을 친 것이 내내 마음에 걸렸다. 다른 건 다 잊었는데 왜 그 일만 생생한지 딸아이를 볼 때마다 미안했다.

딸아이가 시집을 가서 아이를 낳았다.

첫아이와 두 살 터울로 동생을 보았다. 동생을 본 녀석이 바지에다 자꾸만 실수를 한다. 옛 기억을 더듬어 너는 나처럼 후회하지 말고, 말로 다스리라고 일렀다. 왠지 야단을 치지 않고도 잘 할 수 있을 것 같아서.

약력 2005년 『현대수필』 등단. 수필집 『하얀 거짓말』 『비밀 있어요』 『왈왈』 선집 『.를 찍으며』 산귀래 문학상, 구름카페문학상. s2k2y@hanmail.net

꽤 많은 날짜가 지났는데도 녀석이 자꾸만 실수를 한다. 어느새 딸아이 목소리가 커져 간다. 드디어는 엉덩이에 손자국까지 낸다.

참으로 이상하다. 매를 맞는 손자에게 측은해야 할 마음이 들기보다 지난 날 딸아이에게 미안했던 마음이 조금씩 가벼워진다.

'그것 봐라. 야단을 치지 않고는 사람 되기 어렵단다.'

사람을 만들려면 아픔을 줄 수밖에 없었다고 자꾸만 자꾸만 나에게 위로를 한다.

구름 의자

김상미

　　주말 새벽 지하철을 탔다. 신문을 읽는 사람도 있고 등산객들끼리 농지거리를 주고받기도 한다. 반대편 의자에는 존재하기 위해 살아가는 사람들처럼 이렇다 할 움직임도 없이 각자 무언가 한 가지씩 사물을 응시하고 있다. 나는 그중에 한 사람에게 눈짓으로 묻는다. 무슨 생각을 하고 있는지요. 그는 마침 지하철 천정을 올려다 보려다 내 쪽을 바라보면서 입술을 조금 움직이는 것처럼 보였다.

　　우리가 서로에게 동일한 감정과 기분을 느낀다는 것이 가능할까. 길을 걷다 보면 모르는 사람과 발걸음이 맞춰지는 순간이 있다. 그 순간 동행자의 생각 속으로 흘러 들어가 그의 생각의 일부가 된 것처럼 느끼기도 한다. 그 순간 서로 교감하고 있는 것일까.

　　감정의 교감은 오해에서 비롯된다는 생각이다. 서로의 내면에 영향을 주는 사물들이 그렇게 많지 않다. 그렇다면 수필은 어떨까. 수필은 사물들처럼 구체적이지만 피상적이지 않다. 우리가 새로 이사 한 집

약력 『현대수필』 『시와 세계』 등단. 산귀래문학상, 구름카페문학상. 수필집 『바다가 앉은 의자』 『유리새를 만나다』 『발자국은 기억을 만든다』 『홀림』 시집 『반사거울』 등 다수. seabird59@hanmail.net

에 가구를 배치하는 것처럼 존재하길 바라지만 정교한 위치를 바라지 않는다. 전혀 어울리지 않는 자리에 갖다 놓아도 원래부터 존재하는 것처럼 굴기를 좋아한다. 수필이라는 사물은 그런 유희를 즐긴다.

때로 불행마저도 수필의 유희 앞에서 웃음을 터뜨린다. 소파가 있는 집으로 처음 이사를 간 아기에게 소파는 앉을 수 있는 구름이다. 손오공처럼 구름을 탄 기분을 아기는 소파에 누워서 느낄지도 모른다. 하지만 어떤 혼란과 혼동도 없다. 수필은 감정에 충실한 내면이다. 가끔은 끓어오르는 격렬한 감정에 거리감을 가질 필요가 있다. 화를 내거나 쉽게 동요하지 않는 것도 필요하다.

나는 수필을 떠올리면 두통과 같은 압력을 느낀다. 침묵으로만 버틸 수 없도록 하는 충동이 인다. 지하철 의자에 앉은 사람들처럼 불안한 내면을 되비치는 사물들에 넋을 잃고 있다.

뻐꾸기 울고 장끼도 푸드덕 날아간다. 나는 그때 숲으로 들어간다. 나무 목(木)자가 둘이면 수풀 림(林)자가 되듯이 나의 작은 정원을 그렇게 부른다. 신록은 어느새 짙어져서 그늘이 깊다. 겨우내 잠자던 나의 벗들은 이제 막 부리를 내밀며 봄을 찾아 나온다. 맥문동 麥門冬이다. 곧게 뻗은 잎으로 눈비 바람을 막으며 땅 밑 뿌리를 지킨 모습이 대견하다. 눈 속에서도 푸르다가, 겨우내 지친 묵은 잎들 한가운데서 새 잎눈이 솟아난다. 어린 눈들을 다치지 않게 묵은 잎들을 긁어낸다. 산야에 지천으로 퍼져 있는 흔한 풀이 귀한 대접을 받는 것은 나의 애정이 그만큼 깊은 탓이리.

정원을 꾸밀 때부터 벗나무와 목련 나무들 사이로 오솔길을 만들었다. 양지쪽으로는 옥잠화를 음지에는 맥문동을 무리 지어 심었다. 초록빛 아로마 테라피, 향기 치료의 숲을 이루는 것이 나의 작은 꿈이었다. 옥잠화가 피는 한여름 밤이면 숲에서 낭만 발레 〈지젤〉이 펼쳐지곤 했다. 눈부시게 하얀 튀튀를 입고 우아한 동작으로 줄을 맞추어 추는 윌리들의 군무는 더없이 화려하다. 그러나 밤이 지나 종이 울리면 지젤과 알브레히트의 사랑처럼 옥잠화는 지고 만다. 한 열흘간의 군무가 끝나면 화무십일홍 그 허망함에 숲은 쓸쓸하다. 그러나 나의 벗 맥문동이 있지 않은가. 한결같은 초록의 의지와 강건함으로 나를 위로하고 격려해 준다.

약력 『수필문학』 등단. 『류시의 작은 정원』 『류시의 겨울 정원』 『글밭에서』 원종린문학상 작품상, 청향문학상 외. kimryusi@daum.net

난초 잎을 닮은 운치와 성장 생리가 부럽다. 지피식물인 맥문동은 나무 그늘에서도 잘 자라고 눈 속에서도 푸른 절개를 보여준다. 그뿐인가, 뿌리는 몇 해마다 포기를 나누어야 할 정도로 잘 퍼진다. 풀도 아니고 꽃도 아니라고 푸대접을 받기 쉽지만, 사람들이 수수한 그 진가를 모를 뿐이다. 관상 가치로는 단연 잎이지만 늦여름에 조용히 올라오는 연보랏빛 꽃대는 아리잠직한 시골 여인처럼 곱다. 뿌리는 한방 약재로 쓰이고 잎이나 열매를 효소로 만들기도 하니 하나도 버릴 것이 없다.

가뭄에도 잘 견디고 홍수에도 끄떡없다. 납작 엎드려 물기를 머금고 큰 나무들의 지혜를 따르는 겸허하고 소박한 그들만의 식물 생리에 마음이 숙어진다. 자연과 함께 사는 동안 꽃도 아니고 풀도 아닌 그들이 내게 위로와 희망을 주고 깨우쳐 준 바가 크다. 초록빛 맥문동은 나의 정원에서 스승이고 벗이다.

꽃물 든 손톱

김새록

K 은행 P 팀장의 긴 손톱에 화려한 꽃이 그려져 있다. 명예, 권력, 물질을 붙잡고 싶은 욕망의 갈증이 꽃이 되었을까. 여름이면 봉숭아꽃물이 든 손톱 자랑을 하던 때가 그녀의 네일아트 속에 까맣게 멍들었다. 나는 은하수 펼쳐 놓은 밤하늘을 가슴 속에서 펼치며 봉숭아꽃을 향해 고개를 돌린다.

봉숭아 꽃물 속에는 오매불망 그리워도 뵐 수 없는 울 엄니를 접신할 수 있고 꽃이 피어 있는 장독대에 앉아 깨복쟁이 동무들과 꼬막 껍데기를 가지고 소꿉놀이를 하던 그림이 걸려 있다.

네온사인 아래 자동차가 질주하는 바깥 풍경을 내리고, 별빛과 달빛이 합방하는 봉숭아꽃을 찾아 나섰다. 가마솥더위가 기승을 부리는 중복을 앞두고 비가 내리는 초저녁이다. 세 시간 넘게 꽃을 찾아 눈에 불을 밝혔지만, 보이지 않고 회색빛 고층 아파트의 흔적들로 아우성이다. 대단지 아파트 화단 어딘가에 코흘리개 친구를 닮은 봉숭아꽃이 있을 법했거늘, 그 생각은 도시의 괴물이 되어 가로막는다. 임을 찾아 나섰는데 바람맞은 휑한 심정으로 발길을 돌리고 만다.

약력 │ 2004년 『수필과 비평』 등단. 수필집 『달빛, 꽃물에 들다』 『변신의 유혹』 부산문학상, 수필과 비평 문학상. rose0624@hanmail.net

다세대 주택 골목으로 들어선 낯선 중년 여인에게 이 근처 어디에서 봉숭아꽃을 보았냐며 말을 걸어본다 그 여인은 귀신 씨나락 까먹은 소리를 하며 지나간다. 엿듣고 있던 길양이도 줄행랑을 친다. 그만 포기할까 말까 갈등 중에 눈길이 번쩍인다. "심 봤다" 붉고 하얗게 피어 있는 봉숭아꽃 두 그루가 보인다. 귀한 선물을 훔쳐가려는 도둑의 심보가 줄다리기한다.

딸까 말까 갈등의 시소를 타면서 작달막한 봉숭아꽃이 되어 쪼그리고 앉아 하늘을 향해 엄니를 불러본다. "아따 겁나게 피어 있그만 그러냐. 양쪽 손가락 중지, 약지, 애지 세 개씩 물들일 꽃잎 정도 따는 것은 괜찮것따." 엄니의 환영 속에 그만, 꽃잎과 잎사귀 서너 잎을 따 가지고 와 봉숭아 꽃물을 머금고 깨복쟁이가 된다.

중지 약지 새끼손가락에서 추억의 달이 뜨고 그 속에서 병아리가 기우뚱 걸어 나온다.

　　　　　풀벌레 소리 귀를 여는 저녁, 들녘에는 이미 어둠이 내리고 가로등 빛이 희붐하다. 음력으로 칠월 하순께인데다 좀 전 소나기 한 두릅 지나가 달빛조차 숨은 터이다. 그런데 청초한 박꽃이 살몃살몃 입을 열어 귀엣말을 전한다.

　주말을 이용한 전원생활이다 보니 시간에 쫓겨 일손이 늘 달린다. 새벽부터 서둘러 가야 아침나절 일을 조금 할 수 있다. 자칫 어영부영하다가는 점심을 먹고 시작하게 된다. 경기도의 내 집에서 자동차로 두 시간 남짓 거리에 있는 공주 땅, 작은 요람 이야기이다.

　너른 들에서 모가 자랄 때 이 밭에서는 옥수수가 자라고, 논에서 벼 이삭이 누럴 때 여기서는 콩이 여물고 토란이 굵어간다. 고작 이백 평도 안 되는 뙈기밭. 그런데도 나는 신들린 듯 이 흙을 밟고 논다. 남편과 동행할 때야 수월하지만, 대중교통을 이용할 때는 버스를 세 번 갈아타고도 한참을 걸어야 닿을 수 있는 곳이다.

　그해 여름, 땅에 대한 불같은 기운이 일어 길을 나섰다. 그러다가 실한 콩밭에 마음을 빼앗겼다. 신풍의 팔봉산 큰 병풍이 품을 드리운 곳이어서 망설일 것 없이 문서를 잡았다. 그리고 돌아오는 내내 설레기 그지없었다. 그 무렵 부쩍 삶의 허무를 느끼던 남편에게 명색이 흙

약력 1999년 『월간문학』 등단. 『포옹』 외 12권. 제27회 한국수필문학상 외 다수.
morakjung@hanmail.net

장난할 터전을 마련해 주었으니 그럴 만도 한 일이었다.

향수에 취한 우리 부부는 원 없이 호미질을 하고 삽질을 했다. 봄마다 나무를 한 트럭씩 싣고 가 심기도 했다. 그러는 사이 들녘 귀퉁이엔 그럴듯한 나무 울타리가 만들어졌다. 매실 꽃을 시작으로 아로니아가 조롱조롱하다가 이즈음엔 대추알이 주렁주렁하다. 그 안에 들면 세상 근심을 잠시 잊고 가슴이 평온해진다.

그러한 곳에 기이한 풍경이 새로이 자리를 잡았다. 작년 봄 아파트 뜰 살구나무 아래서 묘목 몇 줌을 뽑아다 묻어 두었는데, 그것들이 어느새 대여섯 아름의 군락을 이루고 있었다.

불현듯 가슴이 쿵덕거린다. 큰 산을 배경으로 거치적거릴 것 없는 너른 들녘, 그 건너에 웃자란 수목 울타리. 그 안의 축, 작은 섬 하나. 가는 가지를 휘어잡은 박꽃이 환하다.

바야흐로 섬 안의 섬에 꽃이 피었다. 사람마다 표면 저쪽 내면 깊숙이에서 촉을 세워 그려내는 무늬와 색채가 있을진대, 심연에서 붓질해 올린 심지 꼴의 육지섬 앞에서 나는 지금 가만가만 그 결을 헤아리고 섰다.

최선의 경계선

'지금 이 순간을 최선을 다해서 살아야 해'라는 글귀를 어느 책에서 보았다.

우리는 쉽게 아주 쉽게 '최선'이란 단어를 자주 쓴다. 최선의 기준은 뭘까. 나는 전업주부라 일을 할 때는 전투적으로 해내야 하지만 일을 밀어두고 대자로 누워있을 때도 많다. 그 순간 최선을 다하고 있는 걸까? 최선의 경계선을 몰라서 그런지 나는 매일 무엇을 잃어버리고 사는 것처럼 편치 않다. 그래서 돌이켜 보면 잃은 것은 시간뿐이다. 내게 중요한 것은 다 내 곁에 있다. 생각해보니 지금까지 평생 그래왔던 것 같다. 풀리지 않는 수학 문제를 영원히 못 풀 것 같은 요즘, 나이는 먹고 몸무게는 빼야 하는데 쉽지 않다. 죽기 살기로 운동을 해도 빼야 될 살은 안 빠지고 시간은 등 뒤에 숨어서 슬금슬금 중력의 힘으로 나를 끌어당긴다.

나는 아직도 바람의 세기에 따라서 이리저리 흔들린다. 예전에 그 랬듯이 감정이 흔들리는 것이 아니라 마음이 흔들린다. '갈까 말까, 말 할까 말까, 줄까 말까?' 경계선을 고민하고 있다.

왜 그런지 생각해 보았다. 나는 나를 버려야 하니까. 나를 버린다는 것은 상대를 배려한다는 뜻과 같은 것이다. 상대는 항상 나와 눈을 마 주 보면서 이야기할 수 있는, 죽기 전까지 나에게 비타민과 같은 존재 이다.

나는 오늘도 최선의 경계선에 가까워지도록 발걸음을 재촉한다.

　　　햇살이 따스해지기 시작하면서 대지의 들썩거림이 선명하다. 풀들은 꽃대를 올리려고 준비 운동을 하고 있다. 땅을 뚫고 올라오는 새순마다 흙을 이고 있는 것을 보니 치열했을 사투가 그려진다. 삼엄한 추위의 벽에 갇힌 여린 몸은 처음부터 만개滿開의 욕심을 부릴 여유가 없었을 거다. 살기 위한 본능의 욕망이 거대한 땅에 틈을 낸 것이다.

　　욕망이 간절하게 바라는 것이라면 욕심은 지나치게 바라는 거다. 간절함이 지나치면 욕심의 불씨가 된다. 아무것도 하지 않고 누군가 해주려니 했다면 풀은 살지 못했다. 간절함은 끊임없는 노력이 이루어낸 산물이다. 풀이 빛을 보기까지 뿌리는 어두운 땅속을 더듬어야 했고 손은 두꺼운 벽을 수없이 밀었기에 대지에 당당히 설 수 있었다.

　　단체에서 보면 자신은 하지 않고 남이 한 것에 대해 질투를 쏘아대는 이상한 습관을 가진 사람 한두 명쯤 있다. 그들은 턱은 올리고 눈

약력 『한국문인』시 부문, 『한국수필』수필 부문 등단. 시집 『나는』 외 3권
kya1021@hanmail.net

은 먹잇감을 찾는 매 같다. 전에 그런 사람에게 당한 적이 있다. 억울했지만 엮이고 싶지 않아 사과했는데도 먹이를 놓지 않으려는 맹수처럼 달려들었다. 쓸모없는 명예욕에 나를 방패로 삼으려 했던 그 일로 인해 한동안 사람에 대한 회의에 힘들었다. 노력도 안하고 욕심만 부풀리면 상대에게는 상처를 주고 자신은 스스로 파멸의 구덩이를 파게 되는 거다.

무엇이든 지나치면 화가 된다. 욕망도 마찬가지다. 그러나 넘치지 않으면 희망을 이룰 수 있는 힘이 된다. 살아가면서 한파가 몰아치지 말라는 법은 없다. 어떤 한파에 갇혀도 이겨 내리라는 의지의 욕망이 끓는다면 행복한 결과를 얻게 된다. 언 땅을 들고 일어서서 꽃대를 올리느라 분주하다. 며칠이 지나면 대지에는 꽃의 행진곡이 사방에서 울리겠다.

편지글을 읽고 나니 마음속에서 난향이 풍기는 듯했다. 난초꽃이 피면 그를 초대하여 술을 마신다면 얼마나 운치가 있을 것인가. 그대여, 언젠가 마음속에 난 꽃을 피워서 그 향기를 보내고 싶다.

- 정목일 「난초 향기」 중에서

나의 그날입니다. 서부전선 갈대숲에는 모처럼 포성이 졸고 있습니다. 전흔이 부끄러운 노송의 머리엔 백설이 위태롭고, 모진 풍상을 버텨낸 느티나무 억센 가지에는 아직도 마른 잎 몇 개가 대지를 기다립니다. 전우도 늙은 사공도 나룻배마저도 삼켜 버린 원혼들의 임진강, 눈보라 허허롭게 흩날리는 옛 나루터 검붉은 모래톱에 스며든 슬픔은 여울 따라 흐르고, 파란 다이아몬드 하나가 일요일의 야전 포대에 외롭습니다.

그날의 오전 열 시 삼십삼 분입니다. 위병소 초병의 천둥소리 같은 고함에 소나무 가지는 하얀 눈송이를 흩뿌리고, 빨간 요정이 순백의 햇살을 안고 내게로 옵니다. 그녀는 정다운 누이동생 손잡고 눈부시게 옵니다. 진홍빛 원피스에 목 짧은 검정색 부츠를 신고, 새까만 눈동자, 희고 긴 모가지, 가느다란 손가락, 꿈을 먹은 사슴처럼, 아지랑이처럼 옵니다.

그날의 내 모습입니다. 나는 홍조의 아홉 살 소년입니다. 대포를 여섯 문이나 쏠 수 있다고 자랑합니다. 철조망 북쪽의 초병이 손짓하며 질러대는 목소리 또렷한 관측소에도 올라갑니다. 라면과 김치를 항고

약력 2014년 격월간 『한국문인』, 계간 『아세아문예』 등단. 수필집 『사랑의 충돌』 외. 강원한국수필문학상. kyd07120@hanmail.net

뚜껑에 가득 담아, 야전삽만 한 군대 숟가락으로 점심을 먹습니다. 그녀와 함께 먹습니다.

그리고 나의 그날은, 빨간 요정을 닮은 딸 셋은 꿈에도 생각 못합니다. 소서노의 기상도 아테나의 지혜도 보지 못합니다. 학훈단 임관식 한 시간보다 짧았던 그날의 황홀함은, 상행버스가 얼어붙은 월롱산 모랑가지에 가려지고, 요정을 끌고 가는 누이동생의 정겨운 목소리가, 민통선 녹슨 철조망에 이슬처럼 맺힌 초저녁, 영롱한 별이 되어 은하수를 만듭니다. 그냥 그날은 희망이 찬란하기만 합니다.

그날을 회상하며 오늘 여기 춘천에서 나의 먼 그날을 또 그립니다. 백발이 아름다운 그녀와 함께 석양의 삼악산을 바라봅니다. 공지천 갈대숲 길에서 그날을 이야기하며, 원주 섬강 변 갯버들의 개개비 노래에도 귀 기울이고, 치악산 비루봉을 오르는 꿈도 꿉니다.

연보랏빛 아지랑이 피어나는 그날이 또 오면, 빨간 요정 손잡고 산철쭉 고운 내 고향 홍천 양진말 뒷동산에 올라, 회색 차일 구름 높이 흐르는 하늘을 우러러보며, 느티나무 줄기 쪼아대는 청색딱따구리를 벗 삼아, 한 그루 허리 굽은 노송의 다정한 이웃으로 남으렵니다.

코끼리를 사냥하는 사자 무리들이다. 덩치 큰 코끼리 떼를 표적으로 삼는 것은 그들에게도 위험천만이 아닐 수 없다. 그러나 며칠째 굶주린 그들에게 이것저것 따질 게 없다. 우선 한 마리를 어떻게든지 잡지 못하면 당장 생존이 위협받는다.

그들의 사냥 수법은 교묘하고 집요하다. 무리들을 면밀히 관찰하여 우선 병이 들어 절룩거리거나 어린 새끼라든지 무리에서 한눈팔고 떨어진 놈이 공격 대상이 된다. 한 번 대상을 정하고 나면 결코 포기하지 않고 뒤쫓는다. 선택과 집중이다.

용감한 암사자 한 마리가 코끼리 등 위로 펄쩍 뛰어올라 척추뼈 부분을 날카로운 앞이빨로 물어뜯는다. 이어서 다른 한 마리가 등 위로 뛰어올라 가세한다. 기다리고 있던 사자 무리들이 엉덩이를 공격하거나 배 부분에 매달려 물어뜯으면 고통에 못 이긴 거구가 통나무처

약력 1996년 『한국수필』 수필, 1997년 『시와 산문』 시 등단. 수필집 『삶의 향기』 외 8권, 시집 『홀가분한 미소』 외 7권. weol2004@naver.com

럼 쓰러진다. 이제 사자 식구들이 모여들어 오랜만에 푸짐한 잔치가 벌어진다. 이때를 노린 듯 어느새 독수리 떼들이 한 입 얻어먹기 위해 날아들고 다른 포식자들도 주변에서 어슬렁거린다.

한없이 평화로워 보이는 아프리카의 광활한 사바나에 펼쳐지는 동물들의 일상이다. 누나 얼룩말, 톰슨가젤 같은 초식 동물들은 언제나 목숨을 빼앗길 위험 속에서 불안한 하루하루를 보낸다. 이런 사나운 포식자들을 피할 길은 오직 긴장하는 수밖에 없다. 나는 도시의 횡단보도를 건널 때나 운전석에 앉아 있을 때 질주하는 차량들이 가끔 사자 떼들처럼 여겨지곤 한다. 잠깐만 한눈팔면 여지없는 희생자가 되고 말리라. 놀라운 먹이사슬로 이루어진 자연의 섭리. 야생의 드라마가 펼쳐지는 사바나의 석양은 오늘도 눈물겹도록 아름답다.

거대한 누에가 스멀거리나 했더니 장엄한 자태로 변하는 구나. 굽이굽이 바위산이 아스라이 이어져서 하늘 아래 멈췄도다. 계곡이 깊으면 능선이 오뚝할 사, 살가운 햇볕이 크고 작은 바위에서 소풍놀이 중이다. 우람한 바위는 서동왕자 기상이요, 갸름한 바위는 선화공주 자태로 서로 바라보며 애만 태우고 있으니 붓을 놀리던 화가의 질투가 도를 넘었구나.

노송은 어쩌자고 낭떠러지 바위틈에 자리 잡아 몸살을 앓는가. 눈보라 한풍과 잔가지를 후려치는 태풍에도 몸을 사리며 꿋꿋이 버티어 왔도다. 뒤틀린 앉은뱅이일망정 수백 년을 산천만 바라보며 자신을 다스렸겠지.

아스라한 산비탈에 위태하게 선 절에는 저녁 공양이라도 준비하는지 연기가 가물거린다. 추녀 끝에 매달린 풍경 소리 은은한데 절을 찾는 중생은 보이질 않구나. 첩첩산중이니 얼마나 교교할고 스님의 잠방이는 성한 곳이 있을까. 구멍 난 창문 틈으로 놀러 온 별님에게 극락

약력 1994년 『한국수필』 등단. 수필집 『소리 그 울림』 외 3권. kkkyyy555@hanmail.net

세상 얘기 듣느라 밤새 잠 못 이룬 부처님이 행여 졸고 있지 않을지.

지붕에 듬성듬성 뿌리내린 와송瓦松도 외로움에 지쳐서 낮잠이 들었으랴. 목탁 소리 사이로 청아하게 울리는 스님의 독경 소리 듣고 싶구나. 남녘의 백련사 선방에서 묵상 수련 중에 건너다보이는 아기 섬의 총각 선생이 애처로워 불교 서적 두 권을 우송해 주었던 정 많은 스님이 행여 그곳에 머무르고 있지나 아니할는지.

하늘에는 있는 듯 없는 듯 흰 구름 한 조각이 동쪽으로 훠이훠이 흘러가고 있다. 그 옛날 할머니가 솜을 타다 하늬바람에 날려 보낸 깃털들이 모여 도란도란 이야기꽃을 피우고 있음이 틀림없으렷다. 새벽 선잠에 산등성이 너머로 사라지던 어머니의 모습도 이 화폭이었나 보다. 어머니 치마폭은 어디에 숨었을고.

지나가던 풍류객이 남긴 통소 가락이 아직도 흐르는구나. 세월이 멈춰 서고 근심도 간곳없는 수묵화 속 세상이 무릉도원 아니랴.

내 나이 희수喜壽지만 이렇게 활동할 수 있다는 것이 감사하다. 100세 시대에 77세는 그리 많은 나이가 아니라고 할 수도 있겠다.

심신에 별 이상 없고, 활발하게 활동할 수 있음에 감사한다. 전에 요로결석으로 입원하여 고통이 극에 달할 땐 죽음을 생각한 적도 있었다. 이 고통에서 벗어나려면 죽음밖에 없겠다는 생각이 들었다. 12층 복도 끝에서 떨어지면 아픔이 끝날 것 같아, 배를 움켜쥐고 기어가 보니 잠긴 문에 철망이어서 어쩔 수 없었다. 그때 '앓느니 죽지!'라는 말이 떠올랐다.

세상에 왔으면 뭔가를 남겨야 할 것이다. 있는지 없는지 모르게 살다가 스러지면 그건 허무하지 않을까? 아무런 흔적도 남기지 못하면 그건 너무나 아쉬운 삶이 아닐까 싶다. 지금도 뭔가 할 일이 있다는 건 축복이라고 생각한다.

일반적으로 사람은 세 부류가 있다고 한다. '있어도 그만 없어도 그만인 사람, 있어서는 안 될 인간, 꼭 있어야 할 사람'이 그것이다. 이왕

약력 『한국수필』 등단. 포토에세이 『고향의 푸른 동산』 『독도의 해돋이』 제33회 한국수필문학상, 한글문학상 대상, 세종문학상 대상, 2016 한국을 빛낸 21세기 한국인물대상

이면 세 번째에 속하면 좋겠다고 생각한다. 나는 그중 어느 부류에 속할까? 세 번째가 되려고 노력하고 있다.

사람의 평가는 그가 세상을 떠난 뒤에 하는 것이 정확할 것 같다. 위대한 인물은 사학자나 후세 사람들이 평가할 것이고, 나처럼 평범한 사람은 친구나 친지, 가족들이 평할 것이다.

얼마나 오래 사느냐보다는 어떻게 사느냐가 중요할 것이다. '호랑이는 죽어서 가죽을 남기고 사람은 죽어서 이름을 남긴다.'는 말이 있다. 어떤 이름이냐가 중요할 것이다. 아름다운 이름과 그렇지 못한 것이 있을 것이다. 그렇지 못한 것은 남기지 않는 게 좋겠다고 생각한다. 인류에게 뭔가 도움이 되는 것을 남기면 좋겠다. 이름 없는 잡초처럼 살다가 사라지는 이도 있겠고, 아름다운 꽃처럼 고운 삶을 살다가는 이도 있을 것이다. 이왕이면 후자와 같은 삶으로, 전자의 이름으로 남기를 바란다. 큰 탈 없이 이만큼 살아온 것 모두가 감사하다.

유난히도 춥고 긴 겨울이 지나고 봄이 오니 무언가 상큼한 것이 먹고 싶다. 햇김치가 그립고, 햇나물 생각이 난다. 봄에는 뭐니 뭐니 해도 새콤달콤한 맛을 내는 봄나물이 최고의 입맛을 돋운다.

오늘은 무슨 반찬을 만들어 밥상을 차릴까 하면서 시장을 찾았다. 시장은 주부들이 많았는데, 난전의 나물 앞에서 기웃거리는 걸 보니 나처럼 봄나물에 관심이 많은 듯했다. 봄 향기가 느껴지는 나물들은 소쿠리에 수북수북 얹혀 있어 지나는 사람의 눈길을 끌었다. 달래, 냉이, 봄동, 쑥세 등 보기만 해도 봄 냄새가 물씬 풍겨왔다.

가만히 보니 냉이 뿌리가 곧고 하얀 것이 오동통하게 살이 올라 있어 노지에서 캔 것이 틀림없었다. 겨우내 언 땅속에서 추위를 견디며 자라난 냉이는 구황작물救荒作物로 성질이 따뜻하고 맛이 달며 독성이 없다. 단백질 함유량도 많고, 철분, 비타민 A가 많아 춘곤증 예방도 되니 제철에 자주 해 먹는 것도 좋을 것이다.

할머에게 달래, 냉이 한 소쿠리와 돌미나리를 사고 쪽파와 여린 쑥도 샀다. 사 온 나물들을 다듬어 달래는 고춧가루를 넣고 새콤달콤하게 버무렸다. 냉이와 미나리는 팔팔 끓는 물에 소금을 넣고 살짝 데쳐서 갖은양념을 한 고추장에 식초와 매실청을 넣고 심심하게 무쳤다. 무치면서 맛을 보니 냉이 향과 미나리 향이 입안 가득해 얼른 밥이 먹고 싶다.

예전에 겨울 채소를 접하기 어려웠을 때는 가을에 말려두었던 나물을 정월 대보름에나 먹었다. 요즘은 아무 때나 먹을 수 있지만, 봄이 아니면 그 맛의 진가를 보기 어려운 것이 봄에 파랗게 새싹을 틔우거나 줄기가 올라오는 나물일 것이다.

살다 보면 쓴맛, 단맛, 신맛, 짠맛, 매운맛까지 느끼며 살아간다. 여러 가지 맛을 내는 봄나물도 결국은 어울림의 향기이다. 갖은양념과 어우러져야 감칠맛이 있고, 상큼한 맛으로 입맛을 사로잡는다. 나도 봄나물처럼 어울림의 향기를 지닌 삶을 살고 싶다. 너그러움과 부드러움으로 깊은 맛을 내는 사람이고 싶다.

찰떡궁합

친정어머니가 백수白壽에 접어들었다. 그런데도 30년 연하의 막내딸인 나보다 건강하시어 항상 감사하는 마음으로 응석을 부리곤 하였다. 하지만 노인의 건강은 어제 다르고 오늘 다르다는 말이 있으니 늘 불안한 마음은 떨칠 수 없고 앞날을 장담할 수도 없다. 요즈음은 같은 말을 여러 번 되풀이하신다. 세월 앞에 장사 없다고 해도 우리 엄마만은 돌아가시는 순간까지도 노인의 허약함을 피해가리라 믿었는데 더 이상은 어쩔 수 없나 보다 싶어 마음이 아프다.

나의 시어머니는 97세까지 사셨다. 효부인 맏며느리 덕분에 학처럼 고고하게 살다 가셨지만 어머니의 장수에 한 몫을 거든 것이 있다면 사돈 어르신의 은공을 빼놓을 수 없다.

서너 살 차이의 같은 구순에 두 분이 한 집에 사시며 효녀이자 효부인 맏동서의 봉양으로 걱정 없이 매일을 함께 보내셨다. 양반집 어르신들답게 새벽이면 항상 단정하게 차려입으시고 거동이 불편하셨던 사돈어른의 방에서 도란거리며 지내셨다. 바깥출입도 못하시는 분

김종숙(桂園). 2005년 『수필문학』, 2013년 『창작산맥』 아동문학 등단. 한국 수필가상, 경기문학 본상. 작품집 『바람이 머무는 곳』 등. kjs1707@naver.com

들이 매일 무슨 화젯거리가 그리 많을까 싶지만 두 분은 하루 종일 이 야길 해도 지루해하지 않으셨다. 이야기의 주도권을 잡고 계신 시어 머니는 기억하고 있는 일이 많지 않아 레퍼토리가 어제도 오늘도 같 았으나 사돈어른은 아기처럼 방글거리는 얼굴로 오늘도 어제와 같은 추임새를 넣어가며 재미있게 들으신다. 고운 노래도 세 번 하면 지겹 다는데 어떻게 저리 즐거운 듯 들으시나 싶어 젊은이 눈엔 사돈어른 이 딱해 보였지만 얼마 지나지 않아 그 안쓰러움이 사라졌다. 알고 보 니 사돈어른은 어제 들은 이야기를 깨끗이 잊고 시어머니의 이야기 를 처음 듣는 다른 레퍼토리로 생각하시는 것이다. 어제를 잊어버린 다는 공통점이 두 어른을 매일 즐겁게 하는 것이었다.

시어머니는 새로운 이야기를 꺼내듯 즐겁게 말씀하시고 사돈어른 은 어제 들었음을 잊고 처음 듣는 이야기처럼 재미를 느끼시는 것이 다. 이보다 더 좋은 찰떡궁합이 또 있을까.

캄보디아에는 많은 사원이 있었는데 그중의 따프롬 사원은 정말 아이러니했다. 사원 입구에 들어서자 심상치 않은 풍경이 관광객을 맞이하고 있었다. 누군가는 스펑나무를 일컬어 말하기를, 뿌리는 땅속으로 몸은 지상으로 머리는 천상을 꿰뚫는 삼계三界의 수직축을 가졌다고 하지만, 내 눈엔 사원을 완파시킨 스펑나무 자신이 법이라고 세상엔 힘센 자만이 살아남는 거라고 그것이 현실이고 역사라며 목에 힘주어 말하고 있는 듯했다.

따프롬 사원에는 한때 수백 명의 수도승이 공을 들였다는데, 도승은 간곳없고 구름이 닿을 듯 키 큰 스펑나무만이 지붕 위에서 만장했다. 거대한 뿌리가 사원을 송두리째 장악해 비대해질 대로 비대해져 밖으로 비집고 돌출했다. 사원에 들어선 사람들 앞에 울룩불룩한 자신의 자태를 드러내며 담벼락까지 뿌리를 늘리고, 민낯의 치부를 오롯이 드러내고도 부끄러운 줄 몰랐다.

안젤리나 졸리가 할리우드 영화를 촬영한 곳이라며 사람들은 발가벗은 스펑나무와 기념사진을 찍고, 드러난 뿌리가 신기하고 멋있다며, 뿌리를 쓰다듬고 몸으로 감싸 안으며 웃음꽃을 피웠다.

그곳 사람들 말에 의하면, 거대한 뿌리 밑에서 양팔을 올려 하트 모양을 하고 부부가 사진을 찍으면 부부애가 깊어지고, 청춘남녀가 사진을 찍으면 사랑이 이루어지며, 친구끼리 사진을 찍으면 우정이 돈독해진다는 것이었다. 사원을 구경 온 관광객들은 사진을 찍느라 바빴다.

스펑나무도 처음엔 햇볕이 따뜻한 사원에서 소박한 꿈을 꾸며 작은 뿌리를 내렸을 것이다. 그러면서 점차 뿌리를 뻗으며 사원 깊숙이 세력을 키운 것이리라. 그러나 지나친 욕심이 화를 부른다 하지 않았던가.

스펑나무는 천 년을 넘게 보존된 사원의 본래 가치를 왜곡했을 뿐만 아니라, 사원을 송두리째 먹어 치우고 우격다짐으로 세력을 키운 잔인함이 역력했다. 현실은 독하고 뻔뻔한 자의 것이란 것을 거침없이 드러내고 있었다. 마치 그것이 진실인 것처럼 인식되어가고 있었다.

잘못은 밝혀지고 죄는 역사 앞에 심판을 받는 법, 사원을 보존하고 복구시키기 위한 운동이 벌어지고 스펑나무를 제거해야 한다고 시민들은 입을 모았다. 그러나 이미 사원을 파고들어 한 몸이 되어있으니 없앨 수는 없는 일이었다.

사원을 집어삼키고도 잔인하고 뻔뻔하게 하늘을 향해 푸르렀으니 능지처참을 당해야 마땅하지만, 성장 억제제로 죄를 물을 수밖에 없었다. 뒤늦은 수습은 그것으로 최선이었다. 스펑나무는 서서히 말라서 생명이 다하는 순간까지도 사원을 받치고 있어야 한다는 중형선고를 받았다.

그녀의 정원

김창헌

처음 이 아파트로 이사 왔을 때, 1층 사는 사람들 모임에서 그녀를 보았다. 남편이 대학교수인 숙녀는 젊고 상냥했다. "우리 모임을 '가든 클럽'이라고 하면 어떨까요?" 멋진 제의를 한 그녀를 우리는 '가든 클럽' 회장으로 뽑았다. 봄비 오고 크로커스, 히아신스 꽃이 필 때 우리는 서로 정원에 찾아가서, 그 꽃을 어디서 사 왔는지, 값이 얼마였던지 묻곤 했다. 서로 사 온 꽃을 나누기도 했다.

산에 진달래와 벚꽃이 필 때, 그녀가 암에 걸렸다는 말을 들었다. 방사선 치료를 받고 머리칼이 빠져 수건을 쓰고 있다고 했다. 늦봄이었다. 슬리퍼 신고 잔디 덮인 정원 거쳐서 그 집에 가니, 그녀가 꽃을 가꾸고 있었다. 차 한잔 대접받은 며칠 후 머리에 수건을 쓴 그녀도 우리 집에 와서 화단에서 아내와 꽃을 보며 한참 이야기 나누었다. 우리가 선물한 몇 송이 장미 들고 돌아가는 그녀 뒷모습은 너무나 쓸쓸했다. 그리고 그녀는 목단꽃 붉게 질 때 지고 말았다.

약력 | 2007년 『문학시대』 등단. 12kim28@hanmail.net

비 갠 여름의 어느 일요일. 그녀의 정원에 가보니 남편 혼자 화단을 가꾸고 있었다. 작은 물망초 꽃처럼 애처로운 엄마 잃은 어린 딸이 아빠 옆에 꼭 붙어 따라다니고 있었다.

초가을 아침, 그녀의 정원은 너무나 쓸쓸하다. 잡초 속에 국화꽃은 가려있다. 그녀가 심은 목백일홍 나무는 꽃도 없이 말라 있었다. 복자기나무 붉은 잎은 하얀 이슬 맺혔다. 주인 없는 흔들의자는 비어 있고, 장미는 가지가 제멋대로 뻗었는데, 아름답던 숙녀가 매달아 놓은 정원 램프등은 너무나 외로웠다.

'고운 꽃일수록 일찍 시든다'던 어느 시인의 한탄 바로 그것이었다.

선배님의 눈물

김천환

　　같은 대학 같은 학과를 졸업하고 직장도 같았던 선후배들이 정년퇴직 후에도 정기적으로 만나면서 서로 안부를 묻고 정담도 나누며 20년이 넘게 지내온 모임이 있다. 근래에는 맏형처럼 모시던 90세가 넘은 최고령의 대선배가 모임에 못 나오시는 때가 잦아지신다. 전화로 안부를 확인하고 지냈지만 언제부터인가 연락이 안 되어 매우 궁금하던 때에 이심전심以心傳心이었는지 후배의 제안으로 대선배님을 모시고 선후배 10여 명이 함께 만나는 자리를 마련하였다. 만나는 장소도 고령의 대선배님이 편하시도록 선배님 댁 가까이에 정했다.

　　3시간 이상 걸리는 거리이었지만 학창 시절 소풍 가는 것처럼 부풀고 즐거운 마음으로 약속 장소에 갔다. 대선배님이 먼저 와 계셨다. 반갑게 인사를 하고 자리에 앉으시더니 눈물을 흘리시며 흐느끼신다. 아무 말씀도 못 하시고 손수건으로 얼굴을 가리고 훌쩍이신다. 잠시 숙연한 분위기가 흐르는 사이 선배님의 고독한 노후가 떠오르면서 눈물이 많은 나도 눈시울이 젖어 온다.

　이산가족 형제들이 오랜만에 만나 반가워서 포옹하고 눈물을 흘리는 느낌의 분위기다. 나는 선배님이 우리를 만나면 반갑고 즐거워서 함박 웃으면서 안부를 물어보실 것으로 생각했다. 하지만 고령의 심약衰弱한 노인이 평상시 하루하루를 혼자 조용히 지내시다가 오랜만에 후배들이 찾아 주어 고맙고 반가움에 충격적인 감격을 감당하지 못하시고 눈물을 보이는 것 같았다. 자주 찾아뵙지 못한 것이 더욱 안타깝고 죄송할 뿐이었다. 분위기는 바뀌어 화기애애하고 즐거운 시간을 보내면서 식사를 끝내고도 오랜 시간을 웃고 즐겼다.

　선배로서 부족한 것이 많았지만 자랑스런 후배들이 찾아주어 눈물이 흐를 정도로 감격과 고마움을 느꼈다는 말씀도 잊지 않고 하신다. 우리 모두는 선배님의 만수무강을 기원하며 박수를 쳤다. 늦게라도 대선배님 찾아뵙기를 참으로 잘 했다는 생각과 함께 자주 찾아뵙도록 해야겠다는 다짐도 했다.

어떤 활력소

김태식

어둠이 아직 꼬리를 내리고 있는 새벽녘이다. 마치 백두대간의 이름 모를 계곡을 걷고 있는 것처럼 주위가 고요하다. '툭'하고 창을 울리는 소리에 미적미적 머물고 있던 잠에서 깨어났다.

아침마다 나는 신문을 읽으며 신선한 활력을 얻곤 한다. 한 장 한 장 넘길 때마다 손끝으로 전해지는 까실한 종이의 감촉을 느끼며 인쇄물이 풍기는 짙은 향내에 이끌리다 보면 어느새 어둠은 꼬리를 감춘다.

요즘은 컴퓨터나 스마트폰에서 소식을 접하고 자신에게 필요한 콘텐츠만을 검색해 보는 일이 거의 일상화되다시피 했다. 그런 사람들이 많다 보니 점점 더 책이나 신문을 읽는 모습은 우리의 시야에서 멀어져 가고 있다.

신문을 읽다 보면 디지털 기기에서는 느낄 수 없는 그만의 독특한, 자기가 관심 있는 것을 선택해 찾아보는 재미가 있다. 그 날의 주요 이슈인 헤드라인에서 정치, 경제, 사회, 문화, 스포츠, 사설 등 좋아하는 곳을 찾아 탐색하기 시작한다. 습관처럼 사설란부터 펼쳐든다. 고등학교 시절 국어 선생님의 말씀을 듣고 나서 읽기 시작했으니 벌써

약력

월간 『한국수필』 등단. qualitychem@hanmail.net

수십 년의 세월이 흘렀다. 짧지 않은 세월을 각종 신문의 사설과 함께한 셈이다. 그 덕분이었을까. 독서를 하면서 요약을 하는 능력도 많이 향상되었고, 어느 순간부터인지 글을 쓰는 일에 대하여 두려움이 사라졌다는 사실을 알게 되었다.

이렇게 나에게 많은 영향을 끼친 신문들이 요사이 많이 수축되어 가슴이 아프다. 그들이 지령을 끝없이 늘려 가기를 바라는 마음은 예나 지금이나 한결같다.

나의 사상과 마음을 앞으로도 계속해서 깨워 나갈 수 있도록 각종 신문들이 활성화되어 영원하게 이어나갔으면 좋겠다.

오늘도 '툭' 소리와 함께 전달된 신문의 논설을 읽으며 하루를 시작했다. 신문들이 지금까지 해왔던 것처럼 앞으로도 책임 있는 논지를 끝없이 펼쳐나갔으면 한다. 내일 아침에는 어떤 영양가 있는 메뉴가 식단에 올라 내게 알찬 영양분을 공급해 줄지 자못 궁금해진다. 출근을 위해 창문을 여니 어둠 쫓던 겨울 해가 산등에 꼬리를 걸치고 나를 반긴다.

　　희뿌연 안개가 창문 앞까지 밀어 들었다. 한 치 앞이 보이지 않는다. 시야를 뿌옇게 가려놓은 그것은 매양 보이던 풍경을 집어삼켰다. 지금 갇혀 보이지 않을 뿐 길은 그대로 있겠지. 이 뿌연 것이 사라지면 기존의 것은 드러나겠지. 사람이 지니고 있는 고통도 안개같아 덮여 있을 때만 막막할 뿐 걷힐 때가 있기 마련이다.

　　'법륜스님 즉문즉설'을 매일 카톡으로 받아보고 있다. 영상과 희망편지는 사람이 안고 있는 고통이 그물에 걸리지 않는 바람이라는 것을 깨닫게 해준다. 전국을 순회하는 스님이 마침 집에서 가까운 곳에 오신다는 소식을 접했다. 누구나 행복할 권리가 있다고 부르짖는 스님의 말씀을 듣기 위해 찾아갔다.

　　한 시간 정도 법문을 한 후 즉문즉설로 이어졌다. 일곱 명의 질문자들은 자녀교육문제, 사회문제, 인간관계의 괴로움을 털어놓았다. 누구에게도 말 못 할 고민들, 행복하고 싶은데 행복하지 못하게 만드는 문제들이다. 구름떼처럼 모여든 사람들의 고통이 함축되어 있는 듯했다.

　　현대판 신문고와 같은 스님의 말씀은 꽉 눌려 있던 우리의 마음에 시원한 바람이 불게 했다. 사람의 본질을 들여다볼 수 있게 하는 스님의 한마디 한마디는 안개를 걷어내는 바람이요 어둠을 몰아내는 햇

『한국문인』 수필 부문 등단. 『문파문학』 시 부문 등단. 2013년 한국수필 올해의 작가상, 제 7회 문파문학상, 제34회 한국수필문학상. 시집 『그가 거기에』, 수필집 『기억의 숲』 등. ktskts1127@hanmail.net

살이다. 봄꽃 피듯 꽃의 말 피우는 스님의 법문은 덕지덕지 매달린 썩은 아픔을 도려낼 수 있게 했다.

21세기를 사는 사람들에게 삶은 그렇게 고통스러운 것이 아니라며 환하게 길을 열어주는 사람이 있다는 건 얼마나 감사한 일인가. 나침 반과 같이 삶의 방향을 알려 주는 사람이 있다는 건 얼마나 다행한 일인가. 사람을 살리는 일에 투신하는 법륜스님의 즉문즉설은 현대를 살아가는 사람들에게 축복이 아닐 수 없다. 세상 사람 모두가 행복할 때까지 이 일을 계속하겠다는 스님의 법문이 햇살처럼 곳곳에 비추기를 바라며 두 손을 모은다.

김혜숙 ————

나는 주말을 기다린다. 벗들을 만나서 노래 부르고, 공연과 전시회를 찾고, 빼어난 풍광 속을 걷고, 무엇보다 함께 밥을 먹기 위해서다. 몇 해를 이렇게 보내며, 우리는 서로를 '문화사랑방' 친구로 부르게 되었다.

비가 오락가락하는 여름이라면, 삼각산 삼천사를 향할 만하다. 우리가 그곳을 찾았을 때는, 우람한 수목이 깨끗한 숲 터널을 이루고 있었다. 산에서 흘러내린 바위 형세며, 계곡물이 선사하는 함성 같은 소리가 놀라웠다. 삼각산 바위 영기靈氣가 이 모든 것을 품고 있는 듯하여, 무릉도원을 떠올리기에 부족함이 없었다.

그러나 삼천사 추억의 으뜸은, 점심 무렵의 공양간 풍경이다. 그때 기억은 '공양게'에서 출발한다. 우리가 공양간에 들어섰을 때, 그것이 눈에 띄었다. '이 음식이 어디에서 왔는고⋯. 한 톨의 곡식에도 만인의 노고가 깃들어 있으니⋯.'

의미도 따뜻하고 소리도 재미있어 '게'를 소리내어 읽고 밥을 먹었다. 고추장과 참기름의 고소한 맛이 지금도 떠오른다. 사찰이 아니면 어디서 이런 맛을 누릴까. 당근, 호박, 고사리, 버섯, 도라지는 빛깔마

약력 | 1996년 『한국수필』등단. 수필집 『밥 잘 사주는 남자』 등 6권. 한국수필문학상.
ajook47@hanmail.net

저 고왔다. 쓱싹쓱싹 밥을 비벼 연신 "맛있다, 맛있다."하며 도란도란 얘기 꽃피우고, 손뼉 치고 좋아하며 웃음꽃을 날릴 수밖에.

공양주를 뵙고는 "행복해요, 최고의 밥상"이라며 엄지를 들어올렸다가, 오히려 그분들에게 몇 곱절의 감사 인사를 받았다. 민망하기도 하고 훈훈하기도 해서 얼마나 웃었던지, 마음 선물을 오지게도 받았다.

삼천사 기억에 닿은 것은, '혼밥'이 큰 흐름이 되었다는 소식 때문이다. 난, 혼밥이 딱하다. 그 밥상머리에 앉아 있을 사람이 왠지 모르게 마음 쓰인다. 더 따뜻하게, 고마운 사람이 더 생각나도록 밥상을 즐길 방법이 있다고 믿는다.

따뜻한 밥상을 나눠볼까. 거기에도 내 역할이 있지 않을까. 이런 데 생각이 미치면, 겸연쩍어 혼자 소리 없이 웃다가도, 괜한 조바심이 들기도 한다. 혼밥하는 청년들 마음속엔, 세상 품도 밥상 크기만 하지 않을까.

나의 밥상에 초대받은 아들 친구들 얘기에 따르면, 잊었던 집밥, 꿀맛 같은 웃음소리가 오래도록 기억난다고 한다. 나부터 힘을 내 보자. 숨 붙어 있는 건, 전부 짠하니까.

　　매캐한 냄새에 눈을 떴다. 온 집안이 연기로 뿌옇다. 곰국을 고다가 잠들어 버렸다. 골골마다 진국을 빼기도 전에 새까맣게 다비에 들었다.

약력 2000년 『현대수필』 등단. 수필집 『사막에서는 바람이 보인다』 『한눈팔기』 외, 아포리즘 에세이 『바람, 바람』. 제5회 한국산문 문학상, 제9회 구름카페문학상. elisa8099@hanmail.net

안 봐도 뻔하다. 내 도가니도 숭숭 성글어 바람이 드나들 게다. 매일매일 절룩이며 밥물을 붓는다. 기를 쓰며 진수성찬 차려낸다. 내 밥 먹은 꽃들 여물고 환하게 피었다. 꽃향내 두엄 내음 모두 모두 바람을 탄다. 저 높이 더 멀리.

언젠가 나도 절로 타 다비에 들 게다.

지구地球를 향한 빛
- 훈민정음訓民正音 -

노정애

훈민정음은 1443년(세종25) 12월에 창제된 우리 겨레 고유문자다. 글자의 정식 이름은 '훈민정음'이지만, 훈민정음이 창제된 무렵부터 '언문' 또는 '정음'이라 고 일컬어지기도 했다. 16세기경부터는 '한글'의 표음 방식이 중국의 반절법과 한글을 '반절'이라 부르기도 하고, 모음 글자와 자음 글을 결합시켜 '가갸거겨고교구규그기ㄱ 나냐너녀…(이하 생략)'와 같은 '반절표'가 20세기 초까지 쓰기도 하였다.

19세기 말에 이르러 국어와 국문에 대한 자각과 애호 열이 높아지자 '훈민정음'을 낮게 일컬어 '언문'이라고 하던 이름을 버리고 위대한 글자라는 뜻으로 '한글'이라고 부르게 되었다. 곧 한글은 오늘날 우리나라 문자 생활의 주역을 담당하고 있다. 의무교육에서는 완전하게 학습하도록 지도하고 있으며 거기에 쓰이는 모든 교과서는 한글로만 되어 있다.

모든 공문과 법령은 한글로 쓰도록 법으로 규정되어 있다. 일반 사회에서 발간되는 각종 간행물의 대부분도 한글로 되어 있다. 한자가

약력 | 1998년 『지구문학』 수필, 시 등단. 세계시 가야금 왕관상. 한올문학 문학상 우수상. nja6332@hanmail.net

혼용되기도 하지만, 한글과는 비교가 안 될 정도로 적게 나타난다. 그 한자조차 줄어드는 추세에 있다. 한글 중심의 문자 생활은 움직일 수 없는 사실인 것이다. 그러나 이러한 상황은 1세기 전인 1894년의 갑오경장을 계기로 시작된 일이다.

그 이전에는 한자가 문화생활의 주역이었던 것이다. 그리하여 사대부들은 한자부터 배워야 했었다. 그러나 필자 생각으로는 한자를 외면하지 말고 우선 한글로 쓰고 한자를 괄호 안에 넣음으로써 우리 후손들이 낱말의 뜻도 알기 쉽고, 한문도 알기 쉽게 익히게 되는 동기가 되지 않을가 생각된다.

모음은 천(天), 지(地), 인(人)을, 자음은 발음을 본뜬 것을 더구나 15세기에 만들어 졌지만 이미 20세기의 언어학 이론 원리를 모두 담고 있을 만큼 시대를 앞선 우수한 문자이다.

오색 낙하산을 타고 하늘 높이 올라갔다.

거대한 바다를 내려다보는 순간 몸이 오그라들었다. 타고 온 모터보트는 손바닥만 해진 채 나뭇잎처럼 동동 떠 있다. 한 가닥 낙하산 줄에 묶여 공중에 매달려 있으면 두렵지 않을 사람이 있을까.

영하 15도의 날씨에 온 가족이 서태평양 여행길에 올랐다. 뜻깊은 새 해맞이 여행이라 모두들 홍조 띤 모습이다. 수년 전 아들들이 경제적 자립을 한 후부터 나는 늘 공짜표 여행을 한다. 여행 비용을 나누자 해도 막무가내 손사래들 친다. 때로 씁쓸한 마음을 저들은 읽기나 하는지…. 어찌했던 고맙고 대견한 분신들이다.

야자수 우거진 푸른 서태평양에, 한 점 수채화같이 상큼하게 얼굴을 내미는 섬, 괌! 그곳에 여장을 풀었다. 눈부신 백사장이 새하얗게 파도 띠를 두른 거제도만 한 섬이다. 해변가에 세워 놓은 '자유의 여신상'이 미국령임을 자랑하듯 국경 수비대처럼 팔뚝을 힘차게 올려 버티고 서 있다. 세계 제일의 살기 좋은 무공해 지역이 '괌'이라고 했던가. 그 청정을 한껏 맛보기 위해 아들들과 함께 모터보트에 몸을 싣고 망망대해로 나아갔다. 바람은 머리카락을 얼굴에 후려치듯 사정없이 날려댔다. 낙하산을 타기로 했다. 고래 떼를 겨냥한 작살이 바닷물을 가르듯 팽팽하게 조여진 낙하산에 매달려 순식간에 몸이 하늘 높이 떠올랐다.

『한국수필』 등단. 2017 국가 보훈처 수필 공모 최우수상. 『숲속의 새가 되어』 공저 『수필의 향기』 외 다수

한 가닥 밧줄에 의지하여 남태평양 망망대해 위로 올려 진 채, 끝없는 암청색의 바다를 겨우 실눈을 뜨고 내려다보았다. 혹여 밧줄이 끊어지거나, 펼쳐진 낙하산이 해풍으로 추락한다면 어찌 될 것인가. 새하얀 구름이 몇 점 머리 위에서 떨고 있는 내 모양을 물끄러미 내려다본다. 실눈을 뜬 채 팽팽하게 펼쳐진 낙하산을 올려다보았다. 한낱 일상의 삶을 노심초사하던 일이 스쳐 가고, 등짐 진 듯 고뇌하던 일들이 앞을 지나갔다. 낙하산은 몸체도 없이 몇 가닥 줄에도 당당하게 그 뜻을 펼치는데 나는 콩콩대는 심장을 누른 채 달달 떨고만 있다니! 몇 가닥 줄에 바람도 비도 넉넉히 지나 보내고, 오색 꿈을 펼치는 낙하산아, 옹졸한 생각으로 발버둥치는 나를 용서하라.

황천길을 떠나는 주검과 영혼 갈림의 순간이 이런 것일까. 보트 위에서 큰아들이 손을 흔들고 올려다보고 있다. 언젠가 내가 세상 등지는 날, 아들들이 내 천성 가는 길을 저렇게 웃으며 환송해 주었으면 싶다.

청춘은 영글지 않은 풋 열매이고 수수께끼 인생의 서너 번째 고개다. 튼실한 나무로 자라는 자식들의 꿈이 이루어지길 바란다. 두레박을 타고 하늘로 올라가던 금강산 선녀의 전설이 불현듯 떠오른다. 두 아들을 가슴에 안고 바람 속을 달리던 사원 가슴을 하늘에 띄우고, 바다에 던져도 본 행로였다. 두렵던 바다는 이젠 알 수 없는 안도의 숨결로 잔잔해졌으니 여행이 가져다 준 또 하나의 선물이었다.

이맘때면 어린 시절, 설 무렵 안방 풍경이 떠오른다. 요즘은 집에서 떡 썰 일이 없지만 그때만 해도 읍내 방앗간에서 가래떡을 뽑아 와서 떡을 썰어야 했다. 밤새 떡을 써는 일은 아버지의 몫이었다. 엄마의 고단함을 덜어주는 아버지는 평소 모습과는 달리 푸근했다. 손이 벌게지도록 한참을 떡을 썰어주시던 그 칼은 사랑의 표현이자 정이 묻어났던 도구였다.

차례나 생일 등 많은 식구들이 모이는 날엔 문제가 없는듯하다가 싸움으로 치닫는 일들이 종종 벌어진다. 별거 아닌 일로 큰소리가 나고 불편해진다. 도회지 자식들이 모인 고향 집은 더 이상 꽃만 피는 산골이 아니다. 싸움의 발단을 들여다보면 제각각 잘 살고 못 사는 질투심이 깔려 감정에 작용할 때가 많다.

"세 치 혀 속에 칼 들었다."라는 선인들의 말은 '화禍'도 세치 혀에서 일어남을 비유한 말이다. 무심코 한마디 툭! 던진 치명적인 말은 비수처럼 심장에 박힌다.

이럴 때는 독설을 바로 내뱉는 시퍼런 칼날보다는 할 말이 있어도 참는 무딘 칼이면 좋겠다. 무쇠로 된 칼만 칼이 아니다. 말의 절제가 필요하다. 제 몸의 상처야 자가 진단과 치료가 쉽지만 상대방의 상처는 가늠하기가 어렵다.

예로부터 길을 나설 때는 호신용으로 검劍을 허리에 차고 떠났다.

약력 『창작수필』 수필, 『월간문학』 시조 부문 신인상 등단. 산문집 『달빛, 소리를 훔치다』 동인 시집 『따뜻한 출구』 등 다수. rhyu61@naver.com

때와 장소에 따라 검은 사람을 살리는 활인검이 되고, 사람을 죽이는 살인검이 되기도 했다.

고질병처럼 고쳐지지 않는 습관으로 독설과 비난, 아첨의 말은 상대방에게 해를 가하는 말[言]의 칼날을 가졌다. 이왕이면 덕담, 따뜻한 말로 주변 사람에게 이롭게 쓰일 칼날을 품어보면 어떨까.

검도에서 무서운 칼은 칼집에서 뽑지 않은 칼이다. 상대방의 기세를 파악하기 어렵다. 세상에서 제일 무서운 칼은 '보이지 않는 칼'이다. 입춘도 지났다. 언 땅을 뚫고 나오는 복수초도, 봄을 준비하는 꽃들도 칼바람과 맞서 안에서 칼을 갈고 버틴 후 세상에 꽃이라는 이름으로 얼굴을 내민다.

미국의 인류학자 루스 베네딕트가 쓴 『국화와 칼』에 보면 일본인은 손에는 아름다운 국화를 들고 있지만 허리에는 차가운 칼을 차고 있다는 내용이 있다. 내세우는 얼굴과 속마음의 다름을 상징했다. 품었던 희망을 내 것으로 꽃피우려면 내게 향하는 칼날은 날카롭게 겨눌 일이다.

칼은 두 개의 칼이 따로 있는 것이 아니다. 하나의 칼에서 상반되는 양날의 칼날이 적용된다. 칼자루의 사용권은 내게 있다. 언어의 칼이든, 칼이든, 무디거나, 날카롭거나.

바람이 고왔다. 여름의 어스름이 길 떠나기를 부추겼다. 몇 시간을 버스에 몸을 맡긴 채 도착한 곳은 경주였다. 도착한 안압지엔 물이 말라 있었다. 그때서야 쪽지 한 장 남기지 않고 떠나왔다는 낭패감으로 지금의 상황을 전할 방법을 모색했다. 생각난 것이 전보였다.

전화가 있으면 전선을 타고 갈 음성에 나를 어머니께 보낼 수 있을 텐데 그런 걸 갖출 형편이 아니었으니 전보는 최선의 방법이었다.

'엄마, 여긴 경주. 바람 쐬고 내일 갈게, 걱정 말아요.' 대학 초년생이었다. 고마운 것은 어떤 행위든 어머니는 내 편이며 나를 믿어 준 것이었다. 눈을 감는 그날, 그 순간까지.

언제 우리 집에 전화라고 하는 매직의 그 영물이 화장대 위에 놓이게 되었는지 기억할 길이 없다. 처음엔 친구에게 음성을 전하는 자랑이 주된 일이었고 젊음의 초입에선 기다림이며 설렘이었다. 어느 날 햇살 쏟아지는 카페에서 차를 마시자는 은유의 사랑이 전선을 타고 올 것인가. 이러한 기다림을 검은색 전화기에 묻어 두고 살았다. 결혼 이후는 아이들과의 소통이었다. 늦은 귀가도, 즐거운 일도 강남의 소식 물고 오는 제비처럼 전화는 울리며 기쁨과 아쉬움의 언덕을 넘게 했다.

약력 『한국수필』 등단. 수필집 『바다, 기억의 저편』 외 6권, 시집 『과수원』 (2인 공저). 인산기행수필
문학상. theresia42@hanmail.net

그러나 어찌 머물러 줄 세월이던가. 식구 수대로 가지고 다니는 손
전화의 등장은 편리함으로 세월을 바꾸고 말았다. 세상의 뒤안길로
사라지는 것 중의 하나에 집 전화가 끼어 있게 된 사실이며 그것은 부
음처럼 가슴을 아리게 했다.

'왜 새벽마다 잘못 걸린 전화벨 소리를 들어야 하고, 원하지 않
는 여론 조사에 응해야 하는지 그 타당성을 찾을 수 없어요.' 이것은
내가 아끼는 제자가 집 전화를 없앤 이유라며 항의하듯 던진 말이다.
맞는 말인 듯하나 선뜻 동조되지 못함은 아쉬움이다.

집 전화. 그건 가물거리는 기억 속에서만 살고 있는 누군가가 그 자
리에 있을 나를 믿고 불쑥 찾아올 날을 기다리는 아날로그의 내 모습
이니 어찌 허전하지 않겠는가.

"여보! 눈이 아프다, 당신 먹는 월 조금만 남겨 줘! 눈병이 나면 어머니가 젖을 짜 넣어 주셨는데…"

벌써 저 세상 가신지 이십 년이 지났어도 어머니가 그리운가 보다. 참 부러운 모자 관계였지.

결혼 후 한동안 늙은 어머니 무릎에 누워 진기가 다 빠진 쭈글쭈글한 젖가슴을 어린애처럼 더듬던 남편이었다. 막내아들이어서인지 남편에게 유난히 자애롭던 어머님, 저세상에서도 자식 걱정으로 아들을 수호하고 계시는지 안약 대용으로 쓴 유산균 월은 대단한 효험이 있었다. 이렇게 어머니 젖은 성장하는 데 필요한 영양분이자 건강을 지키는 예방약이고 치료약이었다.

다섯 살까지 젖을 먹고 자랐다는 남편은 젊어서는 체력이 누구보다도 강건했다. 반면에 나는 어머니 젖이 부족해 할아버지 등에 업혀서 동네 아낙네들에게 동냥 젖을 얻어먹거나 암죽으로 자라나 면역성이 약했던지 소화불량으로 잦은 위염의 고통과 학질을 앓으며 잔병치레를 하였다.

약력 2003년 『한국수필』 수필, 2004년 『서울문학』 시 등단. 부부시집 『반려자』 『꽃바람』 수필집 『인생의 등불』 칼럼집 『인생에 리허설은 없다』 『아름다운 서정가곡 태극기』 mjmin7@naver.com

나는 다행히 자식들에게 첫돌까지 알맞게 젖을 먹여 키울 수가 있었다. 찌르르한 느낌과 함께 젖가슴이 부풀어 오르면 어김없이 젖을 먹일 때가 되었다는 신호로 아기가 울었지. 어미 품에 안겨든 아기는 젖만 입에 대주면 흡족해했다. 젖먹이가 눈곱이 끼면 먹이던 젖을 눈에 짜 넣고 닦아 주었다. 우리가 젊은 시절에는 보통 형제나 남매끼리 서로 어미 젖을 한 번이라도 더 만져 보려고 다투기도 하고, 어떤 아이는 젖을 떼고도 빈젖이라도 빨고 싶어 했다.

유아의 모든 욕구불만을 해결해 주는 것이 어머니의 젖이었다. 세상에 가장 성스러운 모습이 아기에게 젖을 먹이는 어머니 모습인데 이제는 이런 모습을 보기가 힘들다. 시설이 좋고 먹거리가 풍부한 현대에는 자녀도 적게 낳고 자신의 몸매를 가꾸느라 수유하지 않는 풍조가 늘고 있다. 생명의 근원인 모유 수유가 줄어드는 세태에 따라 모자간의 사랑의 농도도 옅어져 가는 듯해 안타깝다.

어머니 젖은 영원한 그리움이자 사랑이다.

감사의 마음 가득 안고 딸의 얼굴을 쓰다듬는다. 눈물로 부둥켜안는다. 실로 2년 만의 극적인 해후다. 60L 배낭에 20kg이 넘는 무거운 짐을 메고 홀로 남미 자유여행을 떠난 딸, 미를 페루 수도 리마의 한복판에서 만났다. 치안이 불안하다는 남미를 두루 다니면서도 이토록 밝고 환한 웃음꽃을 피울 수 있다니 감사가 절로 나온다.

"고맙다. 고맙다. 아픈 곳은 없니? 밥은 잘 먹고 다니니? 잠은 잘 자니?"

와카치나 사막의 모래언덕에서 샌드보드를 붙들고 부들부들 떨고 섰다. 바람이 휘몰아칠 때마다 모래 알갱이가 온몸으로 파고든다. 경사가 가파른 모래언덕을 젊은이들은 바람을 가르듯 쏜살같이 미끄러져 내려간다. 다리가 후들거린다. 포기할까.

"엄마, 몸을 편하게 하세요. 절대로 턱을 내리지 말고 앞만 보고 내려오세요."

저 언덕 아래에서 나를 향해 두 팔 벌린 딸만 바라보며 용기 내어 미끄러져 간다. 미가 달려와 꼭 안아 준다. 머리의 모래를 털어 주는 미는 어느새 내 보호자가 되어 있다.

약력 월간 『한국수필』 등단. 수필집 El Camino de Santiago 산티아고 가는 길 『길에서 희망을 노래 하다』 park-keiwha@hanmail.net

쿠스코를 향해 가는 버스는 4,000m 고지를 넘나들며 14시간 동안 구불구불 산길을 오르내린다. 고산증 예방약을 먹었지만 토하고 두통에 시달린다. 마추픽추로 가고픈 마음도 사라질 정도다. 고산증을 이겨내고 있는 옆자리의 미는 어느새 초록, 연두, 카키 색실로 매듭지어 반달무늬 팔찌를 짜고 있다. 책 뒷면에 철제 집게를 고정시켜 실 잡아당기는 솜씨가 능숙하다. 삶의 정체성을 찾아 고행을 자초한 여행길에서 미는 무엇을 찾고 얻었을까. 다양한 사람들과 교감하고 스페인어도 배우면서 많은 도움을 받는 미는 손수 팔찌를 만들어 선물하며 감사의 마음을 나눈단다. 인생의 키가 한 뼘쯤 자란 듯 대견해 보인다. 20일 동안 모녀의 맞춤식 여행을 끝내고 돌아가는 내게 미가 다가와 포옹한다. 한 아름의 가족 팔찌들을 내밀며 속삭인다.

"엄마, 40년 동안이나 이렇게 잘 키워주셔서 정말 감사드려요."

힘들 때마다 가족 생각으로 한 땀 한 땀 매듭지었을 딸의 사랑에 가슴이 벅차오른다.

이른 아침 공원을 돌고 있을 때였다. 어디선가 색소폰 소리가 들려왔다. 주위를 살폈으나 연주자가 보이지 않았다. 야산 중턱 어딘가쯤, 인적이 드문 곳에 홀로 서서 불고 있는 모양이었다. 수줍어서일까. 자신이 없어서일까.

딸이 오랜 유학 생활 끝에 첫 오케스트라의 일을 시작했을 때 나는 기대 반 걱정 반으로 가슴이 설레었다. 그러나 막상 막이 오르자 예상치 못한 일이 벌어졌다. 무대에서 딸의 얼굴이 보이지 않는 것이었다. 덩치 큰 서양 남자들 속에서 말석에 앉은 딸은 음악회 내내 손만 겨우 보일 뿐이었다. 평생토록 배우 되기를 소원했던 엑스트라가 〈맨발의 청춘〉에서 거적 아래로 발만 나온 것과도 같았다. 가슴이 미어졌다. 저것 하려고 어린 나이에 부모 떠나와, 스타카토로 시간을 끊어 가며 하루 8시간씩 연습했던가? 겨우 저것 하려고 체중 감소에 생리 불순까지 겪으며 음악에 올인했던가?

색소폰이 잠시 연주를 멈추었다. 휴식 중인가 보았다. 공원에 있는 많은 사람들이 두리번거리기 시작했다. 테니스를 치던 중년 남자는 라켓을 든 채 멈춰 섰고, 조깅을 하던 젊은이는 속도를 늦추며 뒤를 돌아보았다. 훌라후프를 돌리던 아줌마는 허리를 세우고 먼 곳을 살폈고, 뜀박질하던 강아지는 킁킁거리며 주인을 보챘다.

약속이나 한 듯 '멈춰'가 풀렸을 때는 색소폰 소리가 다시 들렸을 때였다. 테니스도 조깅도 훌라후프도 다시 돌기 시작했다. 가만히 보니 운동하던 사람들만 그를 기다린 것이 아니었다. 장미도, 비둘기도, 연못의 수련마저도 색소폰 소리에 귀를 쫑긋 세우고 있는 것 같았다. 그런데 그는 왜 얼굴을 보여 주지 않을까.

엄마와 달리 딸은 손만 나온 첫 연주가 만족스러웠던 모양이었다. 청중과 동료들의 격려를 받으며 상기된 낯빛을 감추려 하지 않았다. 그때 내가 오늘처럼 편안했다면 얼마나 좋았을까. 보이지 않아도 충분히 들렸음을 그때는 왜 몰랐을까.

해가 솟으며 색소폰 소리도 잦아들었다. 지금쯤 그는 손수건으로 땀을 닦으며 악기를 챙기고 있을 터였다. 나는 음악회 내내 손만 보여 주던 딸의 첫 연주를 생각하며 집을 향해 걸음을 옮겼다.

사물이 시야에 비춰진다는 것은 사물
이 바라보는 시선과 화합하는 아름다
운 소통이다. 어떤 신비스런 대상이
눈동자에 스며들 때는, 환히 밝아 오
는 달빛과 같이 의식은 조용한 파문
으로 술렁이기 시작한다.

- 지연희 「안개」 중에서

　　　　밤잠을 설친지 삼 일째다. 특별히 신경 쓰이는 일도 없는데 까닭 없이 잠이 오지 않는다. '자야지'하는 생각을 하면 할수록 정신은 더 말똥말똥해지고 잠은 저 멀리 달아나 버린다. 자야 한다는 의식을 불러들여 봐야 아무 소용도 없고 머릿속에 온갖 잡생각들만 탑을 쌓는다.

　　엎치락뒤치락 얼마나 시간이 흘렀을까 들여다보니 벌써 새벽 3시다. 이대로라면 날밤을 새울 것 같다. 전전반측展轉反側, 시간만 보내다 보니 온몸이 뒤틀리고 눈까지 아프다. 수면제라도 먹어 볼까 생각하다 그냥 참아 보기로 한다. 겨우겨우 새벽녘쯤에야 깜박 잠이 들었다.

　　두어 시간이나 잤을까. 방문 여닫는 소리에 눈을 뜬다. 평생의 습관인지도 모르나 늦게 자든 일찍 자든 이 시간이면 자동반사로 눈이 떠진다. 잠을 제대로 못 잔 탓인지 눈꺼풀은 천근만근이고 머릿속엔 안개가 낀 듯 흐릿하고 몽롱한 게 정신을 차릴 수가 없다. 잠자는 동안 누군가에게 실컷 두들겨 맞은 듯 온몸이 물에 젖은 솜처럼 무겁다. 나가야 하는 식구들의 아침상을 겨우 차려주고 도로 누워 잠을 청해 보지만 그 역시 헛일이다.

　　며칠째 이 같은 일이 반복되더니 결국 '대상포진'이 왔다. 병원을 일찍 갔기에 망정이지 하마터면 더 큰 고생을 치렀을 터다. 그렇다고 대충 아팠던 건 아니다. 오른쪽 옆구리에서부터 등까지 띠를 이룬 상처

약력 연암기행수필문학상. 한국문인협회 작가상. 작품집 『개인날의 낭만여행』 『길 없는 길 위에 서다』 외 다수

는 살점을 헤집기라도 하는 것처럼 시도 때도 없이 고통을 몰고 온다. 몸이 아프면 마음은 외로움을 타기 마련이다. 들끓던 욕망의 잔재마저 심드렁해진다. 입안까지 껄끄러운 게 늘 먹던 음식조차 쓰디쓰다. 주사를 맞고 약을 먹어 보지만 점령군의 횡포는 멈출 기미조차 보이지 않는다. 활기라고는 없는 그저 맥이 다 빠져 버린 사람처럼 지낸다.

몸이 괴로울 때일수록 잠을 자려 애쓴다. 잠자는 시간만큼은 적어도 모든 걸 잊을 수 있을 것 같아서이다. '신은 현세에 있어서 여러 가지 근심의 보상으로서 우리들에게 희망과 수면을 주었다.' 볼테르의 말이 절실하게 가슴에 와 닿는다. 잠은 정말이지 신이 내린 보약 같은 선물인 듯싶다. 스스로 내 마음에 상처약을 발라 주며 고통과 슬픔들을 음미한다.

달포 정도 지났을까, 상처에 딱지가 생기고부터 통증의 한도가 느슨해지는 느낌이다. 햇살 맑음은 아니지만 그런대로 살 것 같다. 몸이 회복되는가 싶으니 그동안 손 놓고 있던 일들을 추스른다. 아플 땐, 마음속 잔가지를 다 비워 낸 사람처럼 굴더니 건강이 되돌아오기 무섭게 구겨진 채 웅크리고 있던 욕망이 스멀스멀 기어오르는 걸 보니 분명 건강이 되돌아온 듯싶다.

　　　자기 눈만큼 좋은 카메라가 있을까. 초점 맞추기, 총천연색 화면 담기, 명암 조절 기능들은 창조주의 뜻 그 이상이다. 또 한 가지는 사랑, 애정, 슬픔 모두를 담으니 눈 만한 장기는 없다. 그런데 안경이 모든 것을 가려 놓는다.

　나는 30을 넘기면서 안경을 썼다. 눈이 나빠서가 아닌 건국 초기 대통령 장면 박사의 안경 쓴 모습이 좋아서 흉내 냈다. 동료들의 안경 낀 모양이 아니었다. 너무 좋아서 사진을 찍어가지고 다녔다.

　안경은 자그마치 600년 역사를 자랑하지만 시종일관 원시용 돋보기였으며, 오늘까지 그 이상도 그 이하도 아니다. 그런데 왕왕 엉뚱하게 쓰인다.

　사람은 마음속에 그 무엇인가 자신에게로 향한 옹어리가 있다. 나는 어릴 때부터 혼자 놀고 학교만 다닐 뿐 자폐증 같았다. 어른이 되어서도 얼굴이 못생겼다는 열등감이 사회생활을 어렵게 했다. 이런 고민과 열등감이 안경을 쓰게 했다.

　그러던 어느 날 안경이 싫어졌다. 동료들은 나를 쳐다보면서 수근거리고, 나는 테니스공이 유성마냥 꼬리를 남긴다고 호소했을 때 안과의사는 "그런 시력 장애는…."하면서 갸우뚱하고, 나는 부끄러웠다.

어느 날, 안경에 문제가 생기기 시작했다. 안경 잊어 먹기는 밥 먹듯이 하고, 안경알이 빠지고, 다리가 부러지고…. 호주머니의 든 안경이 박살이 났다. 그까짓 2~3천 원짜리 물건이거니 했는데 아니었다. 안경으로부터 마음이 떠난, 안경이 싫어진 무의식의 확실한 소산들이었다. 모든 실수는 뜻하는 바와 이유가 있다. 다이아몬드마저 싫으면 잊어버린다.

인간은 불완전하다. 일등 미녀라도 얼굴 한 곳인가는 불만이 있다. 신체 열등감 같은 것이며, 사람은 그것을 만회하고자 칼질을 하고, 다시 태어나서라도 고치고 싶어 한다. 이럴 때 안경이 반분을 풀어 준다.

나는 선글라스를 안 쓴다. 나는 눈이 못생겼다. 하지만 안경 끼는 것이 곧 신경질이고, 선글라스는 남을 살피니 더한 신경질이라면서 그냥 버틴다.

안경은 이집트와 메소포타미아 문명 때부터 인간의 불편을 해소하기 위함이며 그리스, 로마 시대의 수학자 유클리드의 광학 이론이나 플라톤의 시각의 인지논리를 논할 필요가 없다. 원근시라면 안경을 쓰면 그것으로 족하다. 그렇지 않고는 스스로가 지닌 신체영상-신체자아를 상처 없이 지속하고 개발하기는 어렵다.

　　　　등 굽은 노인 한 분이 지하철 입구 계단을 힘겹게 내려가고 있다. 팔순이 훨씬 지난 듯 머리털은 옥수수수염처럼 구겨지고 헐렁한 바지가 금방이라도 벗어질 것처럼 뼈만 앙상한 모습이다. '어디를 가시려는 걸까?' 손을 붙잡아 부축해드리고 싶지만 그 할아버지가 남자인지라 아무리 나이가 많은 나라도 낯선 남자의 손을 차마 잡을 수가 없었다. '여자는 나이가 많아도 여자이기 때문일까?' 하는 생각을 하니 '픽'하고 웃음이 새어 나왔다.

　사람이 오래 사는 것을 축복이라고 생각하던 시절이 있었다. '오래오래 백 세까지 건강하게 사세요'하는 인사가 일상으로 어른들에게 하는 인사였다. 그러나 요즘 들어 가끔 겁이 난다. '과연 오래 사는 게 축복일까?' 20세기에 들어서면서 노인 인구가 급증하고 있다고 한다. 백세시대를 넘어서 일백이십 세까지도 살 수 있다는 생명과학자들의 연구보고서를 읽으면 오래 산다는 게 기쁨이 아니라 걱정이라는 생각이 앞선다.

　괴테는 80대에 『파우스트』를 완성했고 미켈란젤로는 70대에 대 로마의 '성 베드로' 대성전의 돔을 완성했다고 한다. 바울도 '내게 능력 주시는 자 안에서 내가 모든 것을 할 수 있느니라' 고백하였다고 성경 빌립보서 4장 13절에 써 있다. 그러나 나는 고전에 써 있는 '반포지효 反哺之孝'를 믿고 싶어진다. '까마귀는 어미가 늙어서 힘이 없어지면 먹약력 『한국문인』 신인상 시·수필 등단. 창시문학상, 새한국문학상, 황진이문학상 본상, 문파문학상, 한마음문화상 외. 시집 『나비의 그림자』 『리모델링하고 싶은 여자』 외, 공저 『한국대표명시선집』 『문파대표명시선집』 외

을 것을 물어다 먹여 준다'는 뜻이다. 과연 우리 자식들이 부모의 생계를 책임질 수 있을까? 우리나라가 모든 노인들의 생계를 책임질 수 있을까? 아니 책임지려고 할까?

의사인 딸의 말한다. "엄마, 걱정하지 마세요. 요즘은 의술이 발전해서 금방 숨이 넘어가는 노인네도 병원에 빨리만 오시면 거의 모두 살려드리니까 100세까지는 염려도 하지 마세요." 정말 죽는 게 두려운 게 아니다. 나이 많이 든 노인네가 먹고 자고 자고 먹고, 매일 두리번거리며 서성거리는 일상의 삶이 두려운 것이다. 요양병원으로 옮겨져서 천정만 바라보며 신음하게 되지 않을까? 누구에게도 말은 못하지만 잠재의식이 때때로 의식을 깨우기 때문이리라.

시 한 편을 쓰다가도 무엇을 쓰고 있는지 도무지 알맹이 없는 생각으로 부질없이 가슴만 두근거리고, 수필 한 줄을 쓰다가도 닻줄 끊어진 쪽배처럼 갈피를 잡지 못하고 돛대만 부러질 듯 붙잡고 있다. 이렇게 허송세월로 수필 한 편 제대로 쓰지 못하고 있는 스스로가 너무나 한심스럽기 그지없음을 느낀다.

가을 부채처럼 쓸모없는 여인이 되기는 싫고 문학적 감수성이 짙게 스며든 언어로 진주 같은 수필을 쓰고 싶은데. 불타는 태양의 열기에 펄펄 끓어오를 감성의 덧문을 밀치고 은어처럼 반짝이는 수필 한 점 낚아 올리고 싶은 날이다.

　　　　향기로운 침묵의 언어. 꽃은 신이 인간에게 내린 선물이
다. 사랑하는 사람에게, 존경하는 사람에게 꽃으로 기쁜 마음을 전한
다. 저마다 빛깔이 있고 향기가 있는 꽃. 주고받는 마음에 각별한 뜻
이 담기는 아름다운 선물이다. 아름다움에 대한 도취陶醉. 그래서 조금
은 사치스럽고 즉흥적인 최상의 선물이 되기도 한다.

　세상의 아름다움에 눈이 지쳐 지겨울 때가 있다. 그럴 때면 어릴 적
살던 혜화동 파란 대문집이 생각난다. 어머니 손을 잡고 유치원에서
돌아올 무렵이면 따뜻한 햇살 아래에서 꽃을 손질하던 할머니. 하얀
햇살을 튕기며 섬세한 선을 그려내던 할머니의 현란한 가위 사위가
화단에 머문 날에는 식탁 화병에 꽃이 한 아름 피어난다. 복잡한 상념
도 싹둑 잘려 나갈 것 같은 경쾌한 금속성의 가위 소리와 오후 내내
주위를 맴도는 비릿한 풋내는 늦은 봄, 한낮의 아름다운 선물이었다.

　언젠가부터 나는 꽃을 탐탁지 않게 생각한다. 볼만하면 잔인하게
망가져 버리는 모습이 싫기도 하거니와 아무리 고혹적인 향기도 계

전) TV 광고제작프로듀서, 프리랜서 영상제작가, sunwuk143@daum.net

속 맡다 보면 무덤덤해져서다. 어느새 꽃을 사랑하지 않는 무심한 어른이 되어 버린 나. 할머니가 돌아가시고 나서는 집안에 꽃이 사라졌다. 세 살 터울의 우리들은 줄지어 학교를 다녔다. 어머니는 꽃까지 가꿀 여력이 없었다. 꽃 한 송이 없는 방과 쓸쓸한 뜰. 내 마음에서도 꽃은 점차 사라져 버렸다.

우리 육 남매는 어느새 중년을 넘기고 있다. 어린 시절의 할머니 나이에 가까워져 간다. 누나의 주름진 눈가와 젊음을 보내 버리고 있는 동생들의 얼굴을 보면서 애잔함이 가슴에 차오른다. 문득 누나에게 꽃을 선물해야겠다는 생각이 들었다. 꽃다발을 안겨 주고 환하게 웃어주고 싶었다.

꽃가게에 들렀다. 수줍게 핀 꽃들. 무엇을 골라야 할지 망설이다 주인에게 선택을 맡겨 버렸다. 여주인의 숙련된 가위질에 꽃은 새로운 형체를 갖춘다. 전지가위가 만드는 선들이, 향기가 꽃집 한켠을 환하게 메우고 있다.

가을이다! 높고 파란 하늘을 보노라면 천고마비라는 고사성어가 제일 먼저 떠오른다. 가을은 독서의 계절, 결실의 계절 등 열거하자면 한없이 좋은 계절이다.

또한, 이 계절엔 우리나라 최대 명절의 하나로, 한가위라고도 하는 추석이 있어 좋다. 여름을 꽁보리밥으로 허기를 채우던 어렵던 어린 시절, 차례 지낸 후 햅쌀밥에 햇과일을 맛있게 먹던 때의 그 맛은, 희수를 맞아 돌아보는 지난 세월이 아련한 추억으로 가물거린다. 오래전 고향을 떠나 살면서 극심한 교통난에도 불구하고 귀성하여 차례와 성묘를 통해서 조상의 음덕을 기리고, 헤어져 살던 일가를 만나 훈훈한 정을 나누게 되니 그 또한 기쁨이 아닌가.

가을이 되면 많은 동식물이 겨울나기 준비를 한다. 식물은 대 잇기를 할 열매가 영글고, 일부 동물은 월동 준비로 분주하다. 다람쥐와 같이 땅속에 먹이를 저장하거나 너구리, 곰 등 동면 동물은 겨울잠에 들기 전 실컷 포식하기 바쁘다. 그러나 이는 단지 생존 본능을 충족하기 위한 일일 것이다. 하지만 사람은 이에 더해야 할 일이 있으니 그것은 인성人性을 넉넉하게 살찌우는 일이다.

약력
2001년 『창작수필』 등단, 시조문학 작가상. jrseo2003@daum.net

천고마비! 하늘은 높고 초목이 여물어 말도 살이 찐다는 좋은 계절이다. 오곡백과가 무르익는 풍요로운 이 좋은 계절에 단지 물질의 풍요로움만을 좋아할 일이 아니라, 결실의 계절에 걸맞게 사람으로서 갖추어야 할 품성品性을 넓게 갖추도록 하는 노력 또한 게을리해서는 안 될 일이다.

그러자면 이 좋은 계절에 중추 명절의 들뜬 기분으로 한 잔 술 찾기보다 독서삼매에 취해 봄은 어떨까. 내 어릴 적 농촌에선 책을 마음껏 사서 보기도 어려웠다. 책 한 권 어렵사리 빌리게 되면, 등잔불 심지를 돋워 올리며 밤새도록 읽고 돌려주던 일이 선하게 떠오른다. 그 시절이 그립다.

그러나 요즘의 현실은 어떤가? 좋은 책을 쌓아 놓고도 읽기를 멀리한다. 독서백편이의자현(讀書百遍而義自見)이란 고사성어가 있다 '책을 수없이 반복해 읽으면 뜻을 저절로 알게 된다'는 말이다.

어떤가? 휘영청 밝은 중추월, 창가에 스며드는 밝은 달빛을 받으며 영성靈性을 키워줄 책 몇 권 곁에 두고 밤늦도록 읽어 봄이.

아버지는 가끔 어린 나를 번쩍 들어 올리고는 멀리 무엇이 보이냐고 묻곤 했다. 그때마다 나는 앞집 지붕이며 산이며 뭉게구름이 보인다고 대답했다. 그러다 내가 실제로는 안 보이지만 꼭 가보고 싶은 곳을 말해야만 비로소 나를 내려놓아 주었다. 어린 시절부터 딸이 상상의 나래를 펴고 큰 꿈을 꾸기 바라는 아버지식 사랑 표현이었다.

과연 아버지는 어떤 세상에서 딸이 꿈을 이루기를 원했을까. 대학병원의 의사로서 보장된 미래를 접은 채 무의촌인 고향에 내려와 인술을 펼친 아버지. 그는 건전한 상식이 통용되고 내일을 예측할 수 있는 정의로운 세상을 바랐을까. 더 나아가 나와 내 가족만이 아닌 우리 모두가 서로 보듬어 주며 함께 살아가는 따뜻한 세상을 그렸을까.

나를 들어 올려 꼭 가고 싶었던 문학의 길을 가리켜 준 분들에게 시상식에서 떨리는 고백을 했었다. 그곳에서 가슴이 따뜻해지는 아름다운 삶의 이야기를 진솔하게 쓰고 싶다고.

『한국수필』 등단. 2012년 올해의 수필작가상. s-h-esther@hanmail.net

얼마 전 청룡영화제에서 최우수 작품상과 감독상을 수상한 제자를 만났다. 그를 통해 사회에서 부당하고 억울한 처지에 내몰려 자살한 이들의 자녀들을 돌보며 정신적 외상을 치유하는 곳을 처음 알게 되었다. 제자 부부는 백여 명의 아이들과 따뜻한 한 끼 식사를 함께 나누고 추운 겨울을 견디도록 아이들이 갖고 싶어 하는 신발을 선물했다고 한다. 이제는 기부재단까지 설립했다니 꼬마아이의 푸른 가슴으로 꿈꾸려 한다는 그들의 미래에 아낌없는 박수를 보내고 싶다.

우리가 건네는 따뜻한 눈빛, 따뜻한 말 한마디가 천 길 낭떠러지 앞에 선 누군가를 돌아서게 하고 얼음장처럼 차가워진 마음을 덥혀주지 않겠는가. 서로의 마음을 알아주며 꼭 잡은 손을 결코 놓지 않는다면 저만치서 따뜻한 세상이 손짓하며 마중 나오리라. 또 한 해를 보내고 새해를 맞으며 기도한다. 따뜻한 세상을 위하여.

아버지의 나무

성병조

중학교 일학년 마칠 무렵 교실에서 있은 일로 나는 힘든 나날을 보냈다. 반 친구들을 상습적으로 폭행하는 덩치 큰 녀석을 혼내준 게 화근이었다. 급기야는 법정 다툼으로 이어져 부모님은 물론 친척들도 걱정하는 지경에 이른 것이다.

나는 한 해 동안 학업을 중단한 채 동분서주하는 아버지를 대신하여 농사일을 도왔다. 어른들도 하기 힘든 일을 해내는 억척스런 꼬마 농군이었다. 소달구지 끄는 일과 지게 지고 나무하는 일은 어느 누구보다 능숙해 칭찬까지 받았다.

하루는 하도 나무할 곳이 마뜩잖아 산속을 헤매다 어렵사리 땔감의 보고寶庫를 발견하곤 쾌재를 외쳤다. 이것은 분명 어린 나를 위한 선물이라 여기며 누가 볼세라 조심조심 톱으로 잘랐다. 소나무의 죽은 가지는 불땀이 좋아 땔감으로는 제격이다. 이웃의 눈에 띄기라도 할까 봐 살며시 빠져나와 아버지의 칭찬을 기다렸다.

그런데 이게 어찌 된 일인가. 그날 해 온 나무는 다음 날 아버지가 톱으로 자르고 도끼로 쪼개 장작더미에 보태지곤 하였다. 하지만 그

약력 1995년 수필집 『촌티 못 벗는 남자』로 문단에 나옴. 2003년 계간 『생각과 느낌』 신인상. 『봉창이 있는 집』 bjsung66@hanmail.net

나무는 뒷담에 걸쳐진 채 청솔로 덮여 있었다. 다른 용도로 쓰기 위한 것이라 여기며 한동안 잊고 지냈다.

그러던 어느 날 뒷집의 또래 머슴이 내게 건네준 말은 실로 엄청난 충격이었다. 그토록 귀하게 여겼던 담 위의 땔감은 하늘처럼 떠받드는 당산나무라는 게 아닌가. 매년 정월에 동제를 지내면서 마을의 길흉화복을 비는 신령스러운 나무인 것이다. 나는 아버지의 불호령이 떨어질 줄 알고 숨죽이며 지냈다.

그러나 오랜 시간이 지나도 아무 일도 없는 듯 무사하였고, 이듬해 다른 학교로 전학한 뒤에도 당산목은 그 자리에 있었던 걸로 기억한다. 그때 만약 아버지가 내 잘못을 질책했다면 열성적으로 하는 일에 흥미를 잃었을지도 모르며 두고두고 아픈 기억으로 남았을 것이다.

꾸중과 채찍보다 무언의 교훈으로 성장의 자양분을 부어 주신 아버지 마음이 반세기가 넘은 지금까지도 잊히지 않는다.

전화기에서 겁에 질린 아내의 목소리가 책상 위의 정적을 깬다. 지금 당장 큰 수술을 받아야 하니 얼른 서울의 병원으로 올라오라는 구원 요청이다. 맹장염 수술 앞에서 지렁이를 밟았던 아내가 이번에는 자궁의 혹 앞에서 호랑이를 만나 사시나무가 되었다. 주말 부부로 멀리 떨어져 있는 남편은 공무를 핑계로 혼자 대처하라고 뭉툭하게 던지고는 수화기를 덜컥 내려놔 버렸다. 근무시간에 사적私的인 가정의 일을 공적公的인 남편 일의 앞에 둘 수 없다는 이유였다. 연년생의 두 조무래기에 수술 보증 설 사람을 걱정했지만, 남정네의 무심은 야속하다 못 해 잔인하였다.

　사흘 뒤의 주말에 입원실 문병으로 입막음을 하는데 여인은 눈물로 용서해줬지만, 맹랑한 가장에 대한 주위의 무거운 질책은 오래갔다. 나라 명운이 풍전등화였던 왜란 때 충무공은 모친상母親喪을 뒤로 한 채 전선으로 달렸다. 공직자는 모름지기 국민의 머슴인데, 머슴 일을 소홀히 하면 주인의 벌이 내려진다. 공사公私가 겹칠 때 공이 우선임은 머슴직의 계명誡命이지만, 이런 경우의 가정 소홀은 '수신제가修身齊家'에서 제가를 되묻게 하는 생애의 실수였다.

약력 2015년 『월간 한국시』 등단. 수상록 『동초의 고백』, 수필집 『사랑할 줄 모르는 남자』 등. skh1239@hanmail.net

자정에 임박해서 술에 만취하여 퇴근길 승용차를 몰았다. 출발 때 평온했던 광화문대로가 미아리고개에 이르러서는 성난 미로가 되어 버렸다. 차도가 'S'자를 그리며 춤을 추고 트위스트로 좌충우돌하던 차가 지친 듯 고개 너머에 겨우 멈춰 서는데 경찰관이 앞에 버티고 섰다. "지팡이님! 만취한 민중 하나 예 있소! 고개 넘어 장위동이 집인데 좀 도와주시오!" 꼬부라진 혀로 횡설수설하여 경찰관을 마부로 하고 덩실덩실 마상馬上 귀가를 했다. 술이 공무의 연장이라고 우기고, 경찰관의 선행善行(?)까지 불러들인 거다. 가공可恐할 이 공무 일탈은 모자라는 수신修身에서 나왔다.

공사 구분이 중하기로서니 지어미 병수발을 내친 지아비는 옹졸했고, 단속 경찰관을 만용蠻勇에 끌어들인 일 또한 한참이나 빗나갔다. 3~40여 년이 더 지난 지금, 교통경찰관을 보면 문득 '수신'을 생각하고, 골 깊은 주름살의 꽃님 얼굴을 보면 상처투성이의 '제가'가 떠오른다. 내 평생의 업業은 두 가지 후회만 달랑 남긴 손해의 장사였다.

주말 저녁 등산 동아리 모임에 참석했다. 식사 뒤에 총무가 스카프를 펼쳐 보이며 필요한 사람에게 주고 싶다고 했다. 화사한 물방울무늬에 반해서 너도나도 손을 내밀었다. 스카프는 딱 한 장이고 가지고 싶어 하는 사람은 스물이니 누구한테 줘야 할지 난감하게 되었다.

한 회원이 가위바위보를 해서 스카프 주인을 정하자는 제안을 했다. 우리가 흔히 순서나 승부를 정할 때 하는 손쉬운 방법이다. 그렇게 하면 스카프는 두말할 나위 없이, 당연히 가위바위보 게임에서 끝까지 이긴 사람에게 돌아갈 것이다.

그런데 총무는 우리들의 습관적 생각과 다른 정반대 의견을 내놓았다. 마지막까지 진 사람에게 스카프를 주자는 것이다. 생각의 전환, 고정관념 깨기다.

체험해 보지 않았던 낯선 룰이 정해졌다. 누구든 승부에서 지기 위해 노력해 보았던 경험이 있을까. 우리는 새로운 규칙에 따라 다섯 명씩 네 그룹으로 나누어 '하하 호호' 즐겁게 토너먼트 형식으로 가위바위보를 했다.

약력 2002년 『수필춘추』 등단. taesong9@naver.com

가위나 주먹 보자기 중 이걸 내도 저걸 내도 지기만 한 사람이 바로 나다. 맨 나중까지 남아서 이긴 사람들의 부러움을 사며 스카프를 차지하게 되었다. 한 번을 이겨 보지 못하고 연속 졌는데 환성을 올릴 수 있다니 겨드랑이에서 날개가 돋은 것 같았다.

이런 기분 좋은 경험은 처음이다. 미리 어떤 규칙을 정해 놓고 하는 게임이든 우열을 가리는 경쟁이든 진 사람이 웃으며 관심을 받는 경우를 본 적 없다. 우리의 관습에 따르면 한번 지면 바로 탈락이고 기회는 더 이상 주어지지 않는다. 고정관념의 틀을 허물어뜨린 총무의 발상이 신선하게 다가온다.

기억에 남을 산뜻한 승부였다. 어디에 고정관념 깨기를 적용시켜 볼지 문득 속셈이 많아진다.

　　낯이 들어간 말에는 표정이 풍부하다. 부끄러운 속내가 담긴 낯간지럽다, 낯 붉히다, 낯 뜨겁다가 있고 서로 익숙하지 않아서 낯설거나 낯가림을 하는 경우도 있다. 거기다 체면을 차리려고 낯내기하다가 오히려 낯이 깎이기도 한다.

　　그런데 낯 두껍다는 말을 할 때는 뻔뻔하게 고개를 빳빳이 들고 가는 이의 등 뒤로 욕이 무더기로 따라다닐 것만 같다. 얼마 전 '여기 철문을 뜯어서 만든 얼굴이 있다'고 한 박상순의 시를 읽고 너무 쉽고 명쾌하게 와닿아 모자라는 내 문장을 돌아보며 부러워했다.

　　돈을 빌려줬다가 떼였을 때 뻔뻔한 얼굴이 그렇고 내가 하면 로맨스고 네가 하면 불륜이라는 식으로 남에게는 가차 없이 폭언을 일삼다가도 자기 입장이 되면 정당화시키려는 얼굴이 그렇다. 이 말이 가장 어울리는 경우는 청문회장에서 모르쇠로 일관할 때이다. 질문자의 감정적인 닦달도 볼썽사납지만 거짓 답변하는 지루한 광경을 보아야 하는 건 여간 피곤한 일이 아니다. 욕망을 위해 새치기해서 앞지르려는 철면피들에게 보내는 헌사는 이어진다.

약력 2003년 『수필과 비평』 등단. 『物의 시선』 외 2권. boklyensong@hanmail.net

'철판으로 된 낯가죽은 처음에는 옥상에, 복도에 다음에는 문밖에, 거리에 이제는, 산에도, 바다에도 도처에 깔려 있다'는 대목에 가서는 그만 멈칫하게 된다. 과연 나도 그 대열에서 자유로운가 묻지 않을 수 없다.

속내를 감추면 본전은 된다. 애써 화를 누르고 부드럽게 말하거나 눈물을 보여 어설프게 속내가 드러나는 걸 부끄럽게 여기면서 안 그런 척했다. 막힘없는 언변과 밝은 표정으로 매끄럽게 말하는 걸 보면 세련되어 멋있지 않던가. 일일이 솔직할 필요는 없지만 이런 가식적인 표정들을 교양으로 포장할 때는 마음이 실리지 않았다. 어쩌면 조금씩 세상을 알아가는 동안 배려 또는 처세술이라는 미명으로 섬처럼 외따로이 살아가는 게 아닐까. 사회성을 가진 학습된 처세술은 감동이 없다.

시인은 철문을 뜯어내고 교감하라고 따끔하게 일침을 가하고 있다. 속내를 드러내지 못해 울화가 쌓이는 현실에서 체면이 종이처럼 좀 구겨진들 어떤가.

　강물처럼 흘러간 세월아. 너는 어찌 말없이 가느냐. 고향 산천 그대로 있는데, 내 인생은 황혼에 물드네. 봄 여름 가을 겨울 지나가니, 자연의 순리를 어길 수 있으랴. 인생은 살만한 가치가 있노라, 아름다운 나의 사랑이여. 멋진 인생 더불어 사노라. 사랑하며 즐겁게 사노라. 이게 바로 행복한 삶이라. 나는 정말 행복한 사람이라.

　흘러가는 강물을 보아라. 너의 인생 강물과 같아라. 흘러가면 올 수가 없노라. 구름 되어 한 줄기 소낙비. 네 인생 일곱 빛깔 무지개 꿈. 한 조각의 구름 속에서 이루네. 열정의 천재의 능력보다도 낫다는 것 당신은 모르시나요. 멋진 사랑 나누며 살아요. 서로 존경하면서 살아요. 항상 활짝 웃으며 살아요. 우리 정말 행복한 사람이라.

　하늘에서 맺어 준 사랑아. 천생연분 영원한 사랑아. 우리 사랑 알알이 영글어, 행복 인생 꿈 이뤄 가노라. 한마음 한뜻 안에 사랑하리. 서로 믿고 의지하면서 살리라. 사랑의 정원을 가꿔 가리라. 오직 당신만을 사랑하리라. 멋진 꿈을 다 함께 이뤄요. 서로 이해하면서 살아요. 항상 사랑 안에서 살아요. 우리 사랑 영원히 빛나리라.

약력 2015년 『한국문인』 등단. 시집 『이른 비와 늦은 비의 행복』 yeobagsa@hanmail.net

　상기 내용은, 필자가 '강물처럼 흘러간 세월아'라는 제목으로 자신을 담아낸 한 편의 시다. 평소 마음에 품은 나의 생각이나 감정을 모조리 털어놓은 것이다. 그러니까 한마디로 말하자면 지금까지 살아온 나의 인생을 함축하여 요약한 내용을 언급하고 피력한 것이다. 앞으로 이렇게 살겠다고 다짐한 것이다. 자신의 꿈과 비전, 소망과 목표를 반드시 이루어 내겠다는 신념을 가지고 나의 강한 의지를 담았다고도 볼 수 있다. 무엇보다도 내가 좋아하는 음악적인 분야 즉 가곡이라는 음악 장르를 통해, 내 마음을 노래하고 싶었다.

노각이 잘 생겼다. 먹음직해 보이는 잘 익은 것으로 두 개를 골랐다. 값을 치르고 야채 가게 문을 나서면서야 그것을 반겨 줄 사람이 없어졌음이 떠오른다.

약간 굵게 긴 채썰기를 하는 일이 번거롭다는 생각을 하면서도 워낙 좋아하니까 소금에 살짝 절여서 물기를 걷어내고 고춧가루와 식초 설탕의 기본 맛에 갖은양념으로 무쳐낸 노각나물을 상에 올리면 아아 맛있다는 탄성과 함께 밥 한 그릇을 뚝딱 비우던 남편이 이 세상에 없는 것이다. 이럴 줄 알았더라면 작년 여름에 원 없이 무쳐 줄 것을 유난히 바빠서 노각나물도 자주 해주지 못 했던 것 같아 미안하다.

약력 | 1990년 월간 『수필문학』 등단. 수필집 『바퀴 달린 도시』 외, 공저 『천년을 웃고 사는 여인』, 선집 『그렇게는 말못해』 외, 한국수필문학상, 크리스천 문학상, 남촌 문학상 등 다수.

이제 누구와 저 나물을 무쳐 먹으랴. 먹은들 그저 오이 맛뿐이겠지만, 냉장고를 지키다 버리게 되지 않으려면 아이들이라도 빨리 와야 할 텐데….

노각이 자꾸 떠난 사람 얼굴로 보여 칼을 들 수가 없다. 눈은 또 왜 이리도 젖어오는지.

뻐꾹새

오석영

　　봄볕이 무척 따스하다. 뒷산에선 여전히 뻐꾹새가 울어댄다. 이젠 그 뻐꾹새 울음소리가 가슴 속으로 온다. "뻐꾸 욱, 뻐꾸 욱" 뻐꾹새는 왜 저리 슬픈 소리로 우는 것일까? 스멀스멀 내 몸을 휘감는다. 갑자기 30년 전의 B가 눈앞에 떠오른다.

　　산골 마을 P 초등학교에 근무할 때다. 그는 4학년 담임을 하면서 만난 학생이다. 그 당시 본교는 시군시범학교 운영으로 '깨끗한 학교 가꾸기'에 몰두하던 시기였고 그때 B의 도움이 무척 컸다. 그중에서 B가 내 마음을 사로잡은 결정적인 이유는 이렇다.

　　방과 후 교실 청소를 시키면서 업무를 보고 있을 때다. 우람한 남자 학부모가 신발을 신은 채 교실로 무작정 들어왔다. 얼마 전 폭발물 사고 때문인 듯 교실 문을 확 열고 들어오더니, "선생이 이런 식으로 학생은 뒷전이고 잡일에 치중하니 사고가 안 날 수 없지?" 하자, 청소하던 B가 쏜살같이 앞으로 달려온다. 비를 든 채 상대방을 보면서, "선생님이 우리를 얼마나 잘 가르쳐 주는지 알기나 하세요."라고 하자 청소하던 아이들이 우르르 몰려와 그를 둘러싼 채 노려본다. B가 다시 '아 저씬 참 나빠!'하며 그를 보는 눈빛이 매서웠다.

　　2년 후 B를 담임으로 또 만났다. 전보다 더 마음이 흐뭇하고 반가웠다. 신학기가 조금 지나서다. B가 전과는 다르게 수업 중에 창밖을 보는 습관이 잦아졌다. 예전의 모습은 찾아볼 수 없고 넋 잃은 사람처럼 약력 2010년 『한국수필』수필, 2011년 『뿌리문학』소설 신인상, 13회 법정스님 전국 공모전 수필, 3회 청향문학상, 수필집 『다시 길을 가다』, ohsy0105@naver.com

창밖만을 바라본다.

방과 후 빈 교실에 오게 해서 조용히 이유를 물었다. "너는 왜 수업시간에 창밖을 자주 보는 거지?" 그랬더니 "뻐꾹새 때문이에요."라고 한다. 뻐꾹새 소리가 왜? 하며 B를 보았을 때 그는 창밖을 보다가 입을 연다. 작년 봄 뻐꾹새가 울던 날, 어머니가 뒷산에서 나물을 뜯다가 높은 절벽에서 젖은 낙엽에 미끄러져 사고를 당했다고 했다. 주위의 도움으로 병원에 옮겨갔지만 그만 돌아가셨다고 했다. 뻐꾹새 소리가 들리면 어머니가 보고 싶고 창밖을 보게 된다는 거다. 때마침 들려오는 뻐꾹새 소리를 듣고는 또 눈물을 글썽거린다. 어머니가 돌아가신 후엔 집 뒷산의 까마귀가 울었다는 얘기며, 산 밑에서 흐르는 한탄강 물도 검붉고 뿌옇게 흘렀다는 동시도 보여 준다. 그러면서 '낙엽은 살인자'란 말을 연거푸 한다. 난 굳어진 채 한참을 망설이다가, "그랬구나!"라는 말 한마디 했을 뿐 어떤 말도 하지 못했다.

나는 문득 B의 옛 모습이 떠오른다. 그러면서 그 추억의 뻐꾹새 소리가 나를 아득한 옛날로 돌아가게 하고, 그때 그 슬픈 목소리가 나사 못처럼 귓속을 파고든다. 이제 B는 중년의 나이로 50을 넘긴 세월을 살고 있을 게다. 지금 B도 뻐꾹새 소리를 들으며 먼 창밖을 바라보고만 있을까? 봄이면, 뻐꾹새가 울면 B가 문득 문득 생각이 난다.

고양이와 다람쥐

오정순

숲속에서 다람쥐와 고양이의 낯선 만남을 보고 있다.

잣나무를 베어낸 밑동에 동그랗게 흰 등을 보이며 다람쥐가 앉아 있다. 이때 먼 곳에서 고양이가 다람쥐를 향해 다가간다. 바시락거리는 소리만 들어도 도망가던 다람쥐는 가만히 보고 있더니 도망가지 않는다. 신기하여 가던 길을 멈추고 그 둘을 살핀다.

둘은 눈이 마주쳤다. 다람쥐의 오금이 졸일 법도 한데 고양이 눈을 똑바로 뜨고 쏘아본다. 왜 당당한 지 나는 모르겠다. 움츠러들 기미도 보이지 않는다. 평소에 보아온 그들의 모습이 아니다.

그러나 나는 어느 날 공원에서 만난 풍경과 흡사하여 웃었다. 어른 주먹만 한 개와 덩치가 큰 개가 공원의 오솔길에서 마주쳤다. 놀랍게도 작은 개 앞에서 큰 개가 넙죽 엎드려서 '별 일 없이 지나가소서' 하는 눈치다. 큰 개는 작은 개의 10배도 넘을 정도로 덩치의 차이가 난다. 나는 두 개의 주인에게 각각의 나이를 물었다. 작은 개는 7살이고 큰 개는 1살도 안 된 개라고 했다.

그러니까 개들도 저들끼리는 덩치와 무관하게 나이를 알아본다. 개체가 달라도 동물이라 어린 것과 연륜이 든 것들과는 사는데 차이가

약력 | 1993년 『현대수필』 등단. 『그림자가 긴 편지』 『나는 사람꽃이 좋다』 『신촌시장의 통나무 의자』 외 10권. 수필문학상 대상, 구름카페문학상, 청하문학상, 석파문학상 대상

날 것은 자명하다. 무서운 것을 알아차리고 피하는 게 나잇값인데 그 날 다람쥐 앞에 온 고양이는 아주 애송이였다.

어른이 아무리 작아도 어른이듯 동물들도 저들 나름의 나이를 읽는 기준이 있는가 보다. 하기사 자신들보다 먹이사슬의 윗자리에 속하는 것들을 알고 피하는 것이 저들의 성장을 위한 공부가 아니겠는가.

고양이는 다람쥐가 도망가지 않는 게 별나다는 듯 고개를 갸우뚱하게 바라보고 있다. 고양이라고 다 다람쥐를 잡는 게 아니고 덩치가 크다고 다 지배하는 것이 아닌 것은 자명하다. 그날 본 다람쥐는 체구가 작지만 어른 표정이었다.

밥이 키운 힘이나 세월이 키운 힘이 보이지는 않지만, 기운의 세기는 느낄 수 있다. 다람쥐나 강아지가 느끼는데 어찌 사람이 느끼지 못할까. 더욱이 신이 개입한 인생이라면 한 사람의 한계를 넘어선 힘이 끼어들어 담대함을 준다. 겉 봐서 모르는 힘, 자연의 현상 한 컷은 작지만 울림은 크다.

걸어간다.

고개를 내흔들며 달려가고 싶은 광장도 있었지만, 그곳은 길이 아니기에 만화경에 펼쳐진 풍경을 따라 묵묵하게 걸어간다. 저벅저벅 움직이는 동안 햇볕도 내리쬐고 천둥·번개 춤을 추었으나, 그냥 그렇게 그 길을 걸어간다.

용케도,

그 터널을 빠져나와 잠시 숨을 토해내니, 수만 평 논밭에는 통통한 벼 이삭이 누렇게 익어간다. 이곳저곳 세워진 허수아비 혈관에도 생生이 꿈틀대기 시작하고, 여행 떠난 새들도 색옷을 입고 춤을 추며 사물놀이에 분주하다.

고향 집 텃밭에도 홍시가 생긋생긋 주인 맞을 준비로 분칠하고, 저 멀리 고개를 들고 컹컹대던 진돗개도 꼬리로 연주를 하며 달려온다.

『현대수필』 수필(1997년), 평론(2007년) 등단. 작품집 『음음음음 음음음』, 『실험수필 코드읽기』 외 다수. 구름카페 문학상, 에세이포레 문학상. sokook21@naver.com

그건 분명,

그 고장 대ㅊ 잔치임을 선포하는 인증서다.

삼거리 한복판에 백년 묵은 대추나무가 붉은 열매를 토해내며 하늘을 바라보고 있어 더욱,

걸어간다.

오르고 또 올라도 목표인 에베레스트(해발 8,840m)는 보이지 않았다. 길은 울퉁불퉁 오르막과 내리막을 거듭했다. 내리막을 만나면 오히려 투덜투덜 한숨이 나왔다. 내리막은 가파른 오르막의 예고편 같았다.

이국 만 리 날아와 이토록 험한 길을 한없이 걷고 또 걷게 될 줄이야! 이제 도망갈 길은 어디에도 없었다. 오직 전진만이 살 길이었다. 늘 이렇게 떠밀리듯 살아온 건 아닐까? 내 속에 잠자고 있던 수많은 내가, 이 고적한 길에서 일제히 날을 세우기 시작했다. 먼 산등성이 외줄기 길을 걷고 있는 사람들이 눈에 들어왔다. 저 천 길 낭떠러지를 나도 저렇게 조심스럽게 지나왔겠지? 길에서 수시로 길을 물었다.

3,860m에 위치한 '에베레스트 뷰'에 당도했다. 에베레스트가 당당하게 그 모습을 드러냈다. 석양이 내리자 영봉들은 마치 불이라도 붙은 듯 활활 타올랐다. 신이 허락해야만 볼 수 있다는 장관이다. 무슨 장한 일을 했다고 이렇게 귀한 선물을 받는 걸까? 나의 환호에 장엄은 오래도록 화답했다.

약력 『책과 인생』 등단. 한국산문 문학상, 에세이스트 올해의 작품상. freshybs@hanmail.net

새벽, 전망대에 올랐다. 유리창이 깨질 듯 쨍한 추위였다. 잠이 덜 깬 무릎이 불화살을 맞은 듯 아렸다. 수많은 봉우리에 둘러싸여 일출을 기다렸다. 이 거대한 산맥 아래 서 있는 내가 마치 한 점 티끌처럼 느껴졌다. 마음이 하얗게 비워졌다.

붉은 여명을 헤치고 솟아 나온 태양이 에베레스트를 서서히 물들였다. 옆의 산들도 시차를 두고 붉어지기 시작했다. 순정한 빛은 내 안의 세포를 하나둘 깨우기 시작했다. 가슴이 요동치기 시작했다. 나도 모르게 두 팔을 번쩍 들었다. 자유! 자유라는 소리가 터져 나왔다. 한 번도 만난 적 없는 원초적 외침이었다.

에베레스트가 해를 품듯 나도 가슴에 산을 품었다. 나의 시간은 거기서 멈추었고 영원으로 흘렀다. 어쩌면 이 숭엄을 다시 못 볼지도 모른다. 그래도 세상을 다 가진 듯하다. 진실로 원초적인 내 영을 그곳에 묻고 왔기에.

두려움보다 빠른 걸음으로 진통은 찾아왔어.

이유도 모른 채 대지에 던져진 이후로 가장 정직한 고통과 마주한 거지. 지구본처럼 부풀어 오르는 배를 보고 눈치를 채야 했어. 대지의 음란하고 성스런 비밀이 어둠을 뚫고 심장에 박혔을 때, 그때가 시작이었을 거야. 산다는 것과 흥정을 하다가 고통을 맞이하는 예식일랑 홀랑 잊어버렸는지 몰라. 벌거벗은 몸으로 나뭇가지 하나 가리지 못하고 침대 위에 올랐어. 적막한 하늘이 느리게 움직이고 있는 것을 보

약력 『현대수필』 등단. helenwhite65@daum.net

앉지. 황량한 벌판에 뚝 잘려 버려진 나무둥치처럼 혼자이었어. 천천히 저 두꺼운 공중의 하늘에 구멍이 나기 시작하는 거야. 생명을 가진 것이라면 모두 통과한 터널 같은 거 말이야. 난 태초의 어미를 만나 목 놓아 울었어. 양 갈래 얌전히 땋은 머리는 온데간데없고 호모 사피엔스라나 뭐라나 암컷 한 마리만이 핏물에 젖어 헐떡거리고 있었지. 숭고한 영혼은 어디로 숨었을까. 그때 알았어. 그런 건 한 장의 얇은 천에 불과하다는 것을.

그대를 보고 있노라면 가슴속에 작은 떨림이 온다. 묵묵히 명상에 잠겨 있는 듯하더니 은밀하게 변화하고 있었음을 안색에서 알 수 있다. 빛과 어둠을 가르고 태어나 그리움의 깊은 강이 흐르고, 나무둥치를 관통한 수액이 힘 있게 새잎을 밀어내는 나무들과 함께 풍경을 이루고 있다.

무기력하여 어떤 일도 못 해내는 막막함에 그대를 바라보며 초점을 맞춰 보고 싶다. 그대는 형태가 없으면서 누구에게나 꿈이나 희망을 그릴 수 있는 백지가 되어 준다. 치열한 경쟁 사회에서 외줄 타기 하듯 불안정한 우리에게 푸른 옷깃으로 여며 주는가 하면 때로는 멀어지기도 하는 그대. 티 없는 웃음으로 맞아 주고 지난 상처를 딛고 내적 괴로움을 승화시키라고 일러준다.

사유와 감각의 터전으로 삼고 있고 때로는 그대에게 투영되어 합일점을 갖게도 된다. 청명해지면 삶의 진리로 향하는 과정에서 겪은 기쁨과 아픔, 상처 등을 여과하고 이 침전되어 정화된 미덕을 보여주는 듯하다. 사라지는 것에 대한 안타까움과 욕망, 그리움, 갈등으로 삶의 의미를 부여하려 하지 말고 찰나의 삶에 무한한 의미를 두지 말라고 타이른다. 이제는 방황으로 지치지 말고 어딘가 정착하라고 당부한다.

약력 | 1972년 『수필문학』 등단. 수필집 『자유의 금빛 날개』 『아침에 떠나는 문화재산책』 등 9권. 음악 에세이 『음악의 알레그레토』 등 5권. 조경희수필문학상 외 다수. jotting99@hanmail.net

무지개를 허공 속에 숨기고 있는 그대, 나는 언제나 무지개를 피울 수 있을지 묻고 싶다. 삶의 순간들에 가졌던 미세한 나의 아픔보다 남의 고통에 귀를 기울이며 위로하고 성찰의 깊이를 더해 왔는가. 그 너머에 존재하는 가치를 추구했는지. 생명의 외경과 자연을 존중하고 찬미하며, 정의를 외치고 불의와 부정을 고발함으로써 이웃의 아픔을 치유하고 위로해 왔는가. 그대를 바라보며 현실로 펼쳐진 일들을 다루고 이상과 지향점을 추구할 수 있을까도 묻고 싶다.

가만히 우러러보며 자기정체성을 찾고 아름다움을 발견하고 구제하는 문학을 하고 싶다. 그대를 올려다보는 것이 미래 소망을 향한 염원이라면, 그대가 타이르는 낮은 소리도 듣고 싶다. 신들의 지혜를 배우고, 미래의 삶을 내다볼 수 있는 통찰력과 예지, 그것을 얻어 내고 싶다.

영원이 어디에 있는지 묻기 전에 그대를 우러러 부끄러움이 없기를. 그대 나의 하늘이여.

겨울 여행

큰딸이 느닷없이 엄마 아빠와 1박 2일 여행을 가자고 한다. 2년간 운전병으로 복무하다 막 전역한 외손자가 어릴 때 저를 키워 준 외할머니를 차에 태우고 가면서 운전 솜씨를 자랑하고 싶어 한다고 했다.

서울에서 동해안은 왕복 차 타는 시간이 너무 걸려 피곤할 것 같아 가까운 서해안으로 가잔다. 노부모와 같이한 시간을 추억으로 간직하고 싶어 했다.

겨울 바다, 80대 부부에게 얼마나 어울리지 아니한 단어인가 혹시 그곳에 온천장이라도 있으면 몰라도, 겨울 바다 상상만 해도 춥고 쓸쓸하다. 하지만 남들 발걸음이 뜸한 시기에 짐짓 한 번 가보아야 하겠다는 생각은 지금이 아니면 아내와 함께 여행이란 이름의 나들이 기회는 다시 오지 아니할 것 같아서다.

가는 곳은 서해안의 무창포해수욕장, 아침을 일찍 먹고 승용차에 올라 서해 고속도로를 두 시간쯤 달려 웅천인터체인지를 벗어나 국도로 들어섰다.

색 바랜 겨울 들판은 고요했다. 간간이 서리와 눈으로 색조 화장을 한 것 같아 보이지만 곧 민낯을 드러냈다. 움직임이 없어 생명을 잃은 듯하지만 가만히 들여다보면 수확에 이어진 휴식의 한가로움이 있어 그래 겨울은 여유가 있는 계절임이 틀림없다.

약력 2004년 『지구문학』 ybsnn@daum.net

숙소 비체팰리스는 주위 자연경관과는 어울리지 않게 도심 속 호화호텔 같다. 6층 베란다에서 저 멀리 내려다보이는 바다의 수평선은 한없이 나의 마음을 끌어당긴다. 바다의 갈림길이 일어난다는 한국판 모세의 기적은 일어나지 않아 아쉬웠는데 부슬부슬 겨울비마저 내려 찬란한 해넘이는 머릿속으로만 그려보아야 했다. 다행이었던 것은 찾아간 식당마다 메뉴가 마음에 들었는데 무엇보다 타우린이 많이 함유되어 있다는 어패류가 지워져 가는 아내의 기억력을 되찾아 주지나 아니할까 하는 어림없는 기대를 갖고 이것저것 아낌없이 주문했다.

마침 여행지 인근에 예상 못 했던 개화공원이란 곳이 있어 잠시 들렀다. 공원 안에 막 들어서자마자 몇 마리 사슴이 먹이를 줄 관광객을 반긴다. 조형미술관 안에는 국제문화예술제를 막 끝내고 미처 치우지 아니한 회화와 조각 작품들을 덤으로 구경할 수 있었다. 야외 산책로에서는 잘 알려진 시인들의 육필 시를 이 고장 특산 오석에 새겨 세운 시詩들도 다시 읽어 보았다.

어릴 때 여행은 부모 손 잡고 건성 따라다녔고, 젊은 시절에는 친구들과 행선지를 불문하고 마냥 즐겼다. 나이 들어서는 유서 깊은 곳을 찾아 역사를 살폈는데 황혼 길에는 추억을 반추하는 여행이 아닌가 싶다. 손자는 이틀간 운전 내내 긴장한 뒷모습만을 보이더니 집에 도착해 차에서 내리며 "할아버지, 저 베스트 드라이버 맞지요." 한마디 한다.

길가에서 보랏빛 꽃을 주워 향을 맡는다. 처음 맡아보는 매우면서 상큼하고 달콤한 향이 깊고 은은하다. 고개를 들어 올려다 보니 제멋에 뻗은 가지에 작은 종 모양의 꽃들이 송이송이 맺혀 있다. 이 청사초롱 같은 꽃 타래를 흔들면 종소리가 멀리 울려 퍼질 것 같다. 오동꽃 향기에 취하다 보면 어느새 내가 봉황이 되어 오동나무 가지 위에 앉아 있다. 오동꽃의 보라색은 시바의 여왕이 입었다는 보랏빛 드레스를 연상케 하고, 넓은 초록 잎은 심장을 닮아 초록 심장이라 불린다. 나는 오동꽃의 고상한 색과 향기에 취해 손이 닿는 한 가지를 꺾어와 화병에 꽂았다.

젊은 한때 나는 깊은 방황 속에 나를 잃어버렸다. 유년의 기억들마저 희미해지면서 눈 감고 귀 닫고, 꽃을 보아도 보이지 않고 새소리를 들어도 들리지 않았다. 그러던 어느 해 봄이었다. 풀잎에 맺힌 이슬이 유난히 영롱하여 찬란한 아침, 세상이 경이롭고 신비하게 보였다. 동화 속 숲속의 공주가 오랜 잠에서 깨어나 사랑에 눈을 뜨듯 세상이 새롭게 보였다.

언제부터인지 내 마음에는 시바의 여왕 같은 오월의 여인이 들어와 있다. 그는 인생을 관조하는 깊은 심안과 오동꽃처럼 매콤하면서 상큼하고 우아한 보랏빛의 고상함을 지녔다. 매콤한 향이 그의 명철한 지성이고, 상큼함이 현실을 통찰하는 혜안이라면, 우아함은 그의 격조 있는 삶으로 오동꽃 향을 닮았다. 나의 영혼이 메마를 때면 단비가 되어 되어주기도 하는 그에게서 나는 중용을 배운다. 내 마음의 뜨락에 지천으로 뿌려지는 오월의 향기여!

잃어버린 겨울밤

윤위식

그토록 길고 길던 겨울밤이 텔레비전이 거실과 안방에 자리를 잡고부터는 짧아져 버렸고, 대낮같이 밝아진 가로등 불빛이 긴 긴 겨울밤의 어둠 짙은 골목길을 희미하게 비춰주던 가로등의 정취마저 매정하게 앗아갔다. 밤이 깊도록 옛이야기 듣던 손주들마저도 할머니의 무릎을 떠난 지가 오래고 담장을 넘어오던 이웃집의 노가리 굽는 냄새도 사라진 지 오래이며 따끈한 고구마에 동치미 국물 맛도 잊은 지가 오래다.

코끝이 맵싸하게 얼어붙은 겨울밤, 꽁꽁 얼어붙은 골목길의 정적을 처량히도 울리며, 애절한 여운을 길게 남겨 놓고 멀어져 간 소년은, 지금은 세월의 강을 건너편의 어느 골목길을 헤매고 있을까. 찹쌀 떠-억! 하고 긴 꼬리의 여운을 어둠의 골목길만큼이나 길게 남기고 멀어져갔어도 애처로운 여운은 아직도 우리들의 가슴속에 꼬리 끝이 남아있다.

희미한 가로등 불빛 아래 저만치의 리어카 위에 카바이드 가스등을 밝히고 깊은 밤 시린 마음까지 따끈하게 군밤을 굽어내던 털모자

아저씨도 온다간다 말도 없이 어디론가 떠나갔다. 지금은 어느 하늘 아래에서 길고 긴 겨울밤의 싸늘한 별을 헤며 카바이드 가스등에 불을 밝히고 있을까. 이제야 그들을 빈손으로 보낸 것만 같아서 가슴이 시리다. 냉난방 한답시고 이중창을 붙인 것이 이리도 매정하게 골목길의 발자국 소리까지 막아 버릴 줄은 미처 몰랐고, 밤마다 주차 실랑이는 겨울밤 골목길의 질박한 인심까지 짓뭉개버리고 이토록 가슴을 황폐화시킬 줄은 미처 몰랐으며, 현관문 '찰까닥' 닫고 산 것이 이토록 외로움만 남길 줄은 미처 몰랐다. 긴긴 겨울밤을 하얗게 지새우고 여명 짙은 새벽에 하얀 수증기를 '치-익 칙' 품어내며 언제까지나 기다려 줄 것만 같았던 새벽 열차가 끝내는 떠나면서 이 모두를 실어갔을까. 그들이 떠나간 빈자리에는 싸늘하게 식어만 가는 우리들의 가슴이 그날의 겨울밤만큼이나 꽁꽁 얼어붙어 서러움만 가득하다. 밤이 길어서 남긴 사연이 수두룩한데 오롯이 남은 것은 외로움이고, 보내지 말았어야 할 겨울밤의 깊은 정을 보내고 서러워서, 속절없이 외로워지는 그리움뿐이다.

측간에 들어서는 순간, 멧돼지가 솟
아올랐다. 피할 겨를도 없이, 녀석이
날 덮쳤다. 로또를 사야 할지 말아야
할지 망설였다. 이부자리 속에 몸을
깊이 묻어보지만 더 이상 잠은 오지
않는다.

　　　　　　　　　－ 장호병 「로또」 중에서

이덕무는 시간이 갈수록 게을러지는 것이 책 읽는 일이고, 하루 종일 책도 읽지 않고 빈둥빈둥 놀면서 시끄럽게 떠들어서는 안 된다고 하고, 좋은 종이로 만든 책이라고 독서는 잘되는 것이 아니라고 하고, 손가락에 침을 묻혀 책장을 넘기지 말라고 하고, 책을 빌려주는 일에 인색하지 말며, 틈틈이 독서하는 습관을 갖고 책 한 권을 다 보기 전에는 다른 책은 손대지 않는다고 하였다. 또 어린이들에게는 많은 분량의 독서를 강요하지 말아야 독서에 실증을 느끼지 않는다고 하였다. 마지막으로 책을 읽고 마음에 와닿는 구절은 옮겨 적는다고 하였다.

이수광은 독서는 활을 쏘듯 읽는다, 즉 궁인弓人이 과녁을 겨냥하듯 정신을 집중해서 읽어야 하고 책을 아끼고 보호하고 독서할 때에 마음, 눈, 입이 한곳에 머물러야 하며, 하루에 한 가지만이라도 오래하면 큰 것을 얻게 된다고 하였다.

이와 같이 옛날 이조시대 선비들의 독서에 대한 충언은 그들이 평생 동안 책을 많이 읽고, 독서에 대한 성찰에서 나온 것이다. 조선시대뿐 아니라 현재에도 모두 귀감이 되는 말들이다. 여기에서 우리는 독서하는 방법뿐 만이 아니라 우리의 삶은 어떻게 살아야 할지 삶의 길과 방법에 대한 조언까지를 터득하게 된다. 우리의 삶에 적용되지 않는 것이 없으며 좋은 귀감歸鑑이다.

약력 2010년 『한맥』 등단. 『투명한 사회』 상, 하권. jayoon32@naver.com

독서의 달을 맞이하여 조선 중기의 유학자 서경덕의 시 「독서유감 讀書有感」을 한 편 읽는 것으로 이 글을 마치고자 한다.

독서유감(讀書有感)

독서당일 지경륜(讀書當日 志徑輪)
　　독서하던 그때는 천하경륜에 뜻을 두었으니
세모 환감 안씨빈(歲暮還甘 顔氏貧)
　　세월이 흐르니 오히려 안빈낙도가 달가워라
부빈유쟁난하수(富貧有爭難下手)
　　부귀는 다툼이 있어 손대기 어렵지만
임천무금가안신(林泉無禁可安身)
　　자연은 금하는 게 없으니 몸이 편안하여라
채산조수감충복(採山釣水堪充腹)
　　산나물 캐고 물고기 잡으면 배 채우기 충분하고
영월음풍족창신(詠月吟風足暢神)
　　달과 바람을 노래하니 마음이 족히 펼쳐지노라
학도불의 지쾌활(學到不疑 知快闊)
　　학문에 의혹이 없어 시원스레 트임을 아나니
면교허작백년인(免敎虛作百年人)
　　허망한 한평생은 면하게 되었노라

물 찬 제비 깃이 꽃잎 날개로 일어섰던 봄날, 초등학교 하굣길에 개구쟁이 영구와 함께 멀찍이 앞서가는 순희에 대해 괜한 험담을 주고받았다. 서로 좋아하는 티를 내지 않으려고.

좌우를 살피면서 방천 둑을 넘는 순희를 목격한 영구가

"순희 가시나 오줌 누러 가제? 놀려 먹을래?"

눈을 희번덕거리며 나의 본심을 확인하려고 했다. 허리를 반쯤 굽혀서 뛰어갈 자세까지 취하면서.

"그래, 좋아." 나도 밀릴 수 없었다.

"얼러리껄러리, 얼러리껄러리"

둘은 헐떡거리며 뛰어가 방천 둑 너머로 고개를 내밀고 놀려댔다. 그러고는 밤나무 숲으로 줄달음을 쳤다.

"오랑캐 새끼, 오랑캐 새끼!"

언제 뛰어왔는지 흘긴 눈에 제비꽃 한 움큼 거머쥔 손으로 '오랑캐 새끼'를 연발하며 내 팔을 사정없이 때렸다. 제비꽃이 다 빠져나간 야무진 손으로 팔뚝이 퍼렇도록 꼬집고 꼬집었다. 영구는 제쳐두고 나

『한국수필』 수필, 『창작에세이』 평론, 『문학시대』 시 등단. 수상집 『거리』, 수필집 『재미와 의미 사이』, 『춘화의 춘화』, 시집 『사소한 자각』, 한국수필작가회 문학상, 한전전우회 대경예술상. eunji4513@hanmail.net

에게만 분풀이를 하였다. 혼자 당했지만 억울하지 않았다. 분풀이 당하지 않은 영구가 더 시무룩하였다.

"머리채를 드리운 오랑캐의 뒷머리를 닮아 제비꽃을 오랑캐꽃으로 부른단다."

선생님의 손에 들렸던 제비꽃을 떠올렸다.

미처 끄집어 올리지 못한 안쪽의 민망함 때문에 그때부터 순희에게는 언제나 '을'이 되어야만 했다. 소꿉놀이 아내, 초등학교 저학년적 짝이었던 순희. 속으로 좋아하면서도 어깃장을 놓았던 순희에게 꼬집히고 꼬집혀서 퍼렇던 팔뚝이 싱그러운 기억으로 남아있다.

"나 소꿉놀이할 때부터 너 많이 좋아했데이."

훗날 초등학교 동창생 결혼식에서 만난 순희가 나에게 툭 던진 말이다.

"나도…"

나머지는 눈으로 말했다.

　　　　태평양의 부드러운 바람이 분다. 바람은 태평양 연안 말부리 해변 푸른 언덕에 불어와 연인처럼 안긴다. 푸른 잔디 위에서 살랑살랑 춤을 춘다. 눈부시게 푸른 언덕에 페퍼다인 캠퍼스가 하늘과 땅을 포옹하고 있었다. 주변은 온통 푸른 잔디다. 언덕에 홀로 우뚝 선 십자가가 페퍼다인 캠퍼스를 대변해 주고 있었다. 날짜변경선을 넘어온 동방의 나그네는 우뚝 선 십자가의 조형물을 처음 보는 순간 뭉클 가슴이 뛴다. 태평양 바다와 캠퍼스 주위의 빼어난 풍광에도 압도되고 만다. 긴 세월 풍랑을 이겨낸 미 대륙의 상징처럼 우람한 나무와 나무숲 뒤로 단아한 일곱 개의 페퍼다인 단과 대학이 정다운 이웃이 되었다. 어깨를 나란히 했다. 금빛으로 빛나는 정오의 태양은 단과 대학 지붕 위로 눈부시게 쏟아져 내린다.

　　인터내셔널 프로그램이 우수한 페퍼다인 캠퍼스 앞에 서면, 사랑 그 자체가 온몸으로 녹아든다. 인류는 사랑이어라. 바람이 분다. 태평양의 바람이 분다. 인류의 사랑과 평화를 위해 몸소 창조하신 세상을 둘러본다. 위대한 창조주의 발걸음이 저벅저벅 어린 날 아버지처럼 걸어오신다. 걸음 걸음마다 평안이 숨 쉰다. 지난날 야곱이 라헬을 처음 본 순간의 감격이 동방의 나그네 가슴을 설레게 했다. 첫눈에 반하고 말았다. 뷰티풀! 뷰티풀! 연방 환성이 터진다.

　　혼탁한 세상에는 몸 둘 곳 없던 의인이 선 곳 캠퍼스 잔디 위에 홀

약력 1996년 『수필문학사』 추천완료 문단데뷔. lgs3579@hanmail.net

로 우뚝 선 저 십자가의 조형물, 무한한 호기심과 경외감으로 소녀처럼 가슴이 마구 뛴다. 찰나의 감격과 99년 만에 미 대륙을 관통한 우주의 쇼 개기일식을 보는 것 같이 세상 그리움에 가슴을 떨며 눈물을 흘린다. 나그네는 어느새 찬송가 40장을 부르고 있었다. '주 하나님 지으신 모든 세계 내 마음속에 그리어 볼 때 주님의 권능 우주에 찼네.' 육안으로 감히 이 위대한 대 자연 속의 페퍼다인 캠퍼스와 십자가를 볼 수 있다니, 감격스럽다.

지구상에서 가장 기후가 온화하고 살기 좋은 곳 로스앤젤레스 도시는 정직과 위대한 사랑으로 가득 찼다. 아침마다 스프링쿨러가 잔디를 목욕시켜주는 문명된 사회, 로스앤젤레스 상류사회의 형성은 페퍼다인 캠퍼스의 뛰어난 인터내셔날 프로그램으로 시작되었을까. 저만치서 넋을 잃은 엄마를 딸이 부른다. '엄마, 어서 오세요' 하늘 높이 솟은 풍만한 소철나무를 배경으로 찰칵, 찰칵 영원의 길목에서 찰나의 아름다움을 스마트폰에 담는다. 바람이 분다. 태평양의 부드러운 바람이 분다.

　　　　　17일간의 평창 동계올림픽의 긴 여정이 끝났다. 그동안 대회 유치에 세 번 도전하여 무려 20년을 기다렸던 올림픽이다. 그 간 절함만큼 92개국 2,920명이 참가한 역대 최대 규모의 지구촌 축제를 화려하고 수려하게 치러냈다. 이어서 패럴림픽은 49개국의 567명 선수들이 참석한 역대 최대 규모의 대회였다. 다시 한번 대한민국의 저력을 세계에 보여준 셈이다.

　　차세대 통신 5G를 비롯한 인공지능(AI), 자율 주행차, 로봇 텍스 등 첨단 정보통신기술(ICT)이 대거 선보이며 CNN방송을 비롯한 해외 언론들도 "평창 동계올림픽은 동계스포츠의 진수를 보였을 뿐만 아니라 사상 최대의 하이테크 쇼"라고 보도를 하였다.

　　한국 선수단은 빙상, 설상, 썰매, 컬링 등에서 고르게 역대 최다인 17개의 메달(금 5, 은 8, 동 4)을 수확하여 종합 순위 7위에 올랐다.

　　독일인 토마스 바흐 IOC 위원장은 2018년 평창 동계올림픽 폐회식에서 또박또박한 한국어 발음으로 "평창 올림픽 자원봉사자들에게 감사를 드린다"라고 말했다.

약력 2015년 『한국수필』 등단. bhoonlee@empas.com

1만 4천여 자원봉사자들은 선수와 관광객, 취재진을 위해 봉사를 하였고 영국 BBC 방송은 "항상 친절하고 웃음을 지닌 평창 자원봉사자들 덕에 참가자들이 혹한을 이길 수 있었다며 2012년 런던, 2014년 소치 때보다 수준들이 높았다"라고 찬사를 보냈다.

한국은 1988년 하계올림픽, 월드컵에 이어서 2018년 동계 올림픽까지 성공적으로 치러낸 세계적으로 몇 안 되는 국가가 되었다. 앞으로 올림픽 강국으로 남기 위해 정부도 국민도 관심을 기울여 줘야 할 것이며 올림픽을 위해 지은 운동 시설도 국내외적으로 잘 활용한다면 전 세계 겨울 스포츠의 성지이자 세계적인 휴양지 겸 관광벨트로 사용하는 데 큰 도움이 될 것이라고 믿는다.

해바라기 닮은 넓적한 샤워기에서 소낙비처럼 물이 쏟아진다. 살에 꽂히는 뜨끈한 물줄기가 시원해 온몸을 맡겼다. 이리저리 튀긴 물방울들이 서로 끌어안고 합치다가 무너지는 모양을 무심한 눈길로 바라본다. 언뜻 모서리에 오렌지색이 눈에 띄어 들여다보니, 타일 사이에 곰팡이란 놈이 자리 잡기 시작했다. 바닥의 습기가 과했나 보다. 부족한 것만이 고통을 주는 것은 아니다. 넘치도록 풍요로운 것도, 때론 불편한 것이 세상엔 많이 존재한다.

한 달에 한 번만 물을 주어도 끄떡없이 건강하던 화초의 한쪽 가지가 마르기 시작했다. 물을 너무 자주 준 것이 탈이었다. 앙상한 가지는 이파리를 붙들고 있을 힘조차 잃어 초록 잎들이 요절하고 만다. 사랑을 절제하지 못하고 과하게 쏟아부은 결과로 뿌리 한쪽이 썩은 것이다. 결국 탈모된 머리카락처럼 가지 한구석이 휑해졌으니 눈에 뜨일 때마다 안쓰러워 슬며시 화분을 돌려놓았다. 과식했을 때보다는 조금 덜 먹는 것이 기분도 좋고 건강에도 좋다. 풍요로워야 행복하다는 선입견을 지우개로 말끔히 지워야겠다.

점박이 반려견을 키운 적이 있다. 생후 3주째에 데려와 키우기 시작했는데 털이 사방에 날리고 특유의 냄새가 진동했다. 강아지에게 목욕을 자주 시키면 피부병이 걸린다는 것을 모르고, 사람처럼 매일 샤워를 시킨 것이 화근이었다. 결국 피부가 연약해진 녀석은 가려워서 긁기 시작했고, 상처가 나니 털까지 빠졌다. 주인 잘못 만나 생고생을 한 것이다. 어린아이에게 어른 약을 먹이듯 과한 처방을 한 무지한 사건은 시간이 지나도 잊히지 않고 미안한 기억으로 마음속에 저장되어 있다.

과하지도 부족하지도 않은 삶을 일생동안 살아가는 사람이 있다면 성인일 것이다. 지극히 평범한 인간이 그런 삶을 가끔씩이라도 실천할 수 있다면 그나마 행운이다. 올곧은 삶의 기억이 씨앗이 되어 다시 열매를 맺을 수 있으니 말이다. 평균대 위에서는 똑바로 걸으려 해도 뒤뚱거리며 자꾸 넘어지려 한다. 허나 두 팔을 벌려 저울처럼 무게 중심을 맞추고, 집중력과 자신감으로 끝없이 연습하면 균형을 잡을 수 있다. 좁디좁은 평균대 위에서 멋들어진 동작과 함께 회전까지 하는 체조선수처럼 과함과 부족함의 밸런스가 맞추어지기를 고대해 본다.

　　신안군 증도의 이른 아침, 나는 고향 친구들과 함께 우전 해수욕장의 백사장을 밟으며 간다. 마침 썰물 때여서 바닷물은 멀리 빠져나가 휴식을 취하고, 아무도 지나가지 않은 고운 모래밭에 천천히 발자국을 새기며 걷는다. 모래 속에 묻힌 조개껍질도 주워 보고, 가장 편한 포즈로 셔터를 누르기도 한다. 육십 대 중반의 친구들이 가사 일을 벗어나 모처럼의 자유를 누리고 있다. 하늘도 쾌청하고 해송 숲에서 번져 나오는 솔향기와 바다에서 풍겨 오는 시원한 바람이 어우러지는 해변을 심호흡하며 걷고 있다.

　얼마쯤 걸었을까, 다시 뒤돌아 출발 지점을 향한다. 앞서가던 친구가 갑자기 환호성을 낸다. 우르르 달려간 우리도 마찬가지다. 백사장에 나목의 그림들이 줄지어 누워 있다. 나무의 모양이 모두 다르고 크기도 각각이다. 모래를 파냈다거나 하는 인위적인 흔적은 보이지 않는다. 굵은 몸통엔 껍질 주름과 가느다란 잔가지까지 정교하고 깔끔하게 나타나 있다.

　나는 상상의 나래를 펴며 모래 그림을 살펴본다. 어느 신령스러운 화공이 다녀간 건 아닐까. 썰물을 붓에 찍어 휘두르고 사라진 건 아닌

약력 2009년 『문학산책(현, 문학이후)』 수필 등단. 수필집 『그물』 yusu-lsg@hanmail.net

지. 그렇지 않고서는 이해하기가 힘들다. 모래 한 톨 흐트러진 게 보이지 않으며 그림 주변에는 어떤 발자국도 없다. 나는 가슴이 뛰기 시작했다. 생애 처음 보는 경이로운 광경이다. 다시 정신을 가다듬고 찬찬히 들여다보며 혹시나 하고 살핀다. 그때, 미세한 물줄기가 실핏줄처럼 그림 사이로 흘러내리는 것을 보았다. 이것들은 모래 사이로 점차 퍼져 자연스러운 그림이 되어 해변을 걷는 아침 손님에게 진한 감동을 선사하는 것이었다.

해변의 물과 모래, 그들이 그려낸 꾸밈없는 작품은 신선한 충격이다. 지나온 시간 동안 얼마나 많은 그림을 그려내고 지웠을까. 앞으로도 그려질 작품들이 궁금해진다. 사람은 어떤 일을 함에 목적을 가지고 시작하며 좋은 결과를 얻으려고 애를 쓴다. 하나 무심히 그려내는 자연화는 순수하기 그지없다. 누가 보든 보지 않든 우쭐하지 않고 늘 지치는 기색 없이 새로운 그림을 선보일 것이다. 대자연의 이 과감한 붓질을 누가 막을 것인가.

계절의 여왕 5월, 금년은 가뭄으로 신록을 마음껏 드러내지 못하고 움츠리고 있다. 정원의 나무와 야생화도 30도의 더위를 견뎌내지 못하고 고개를 떨어뜨린다.

꽃밭에 매일 물을 주는데도 갈증을 호소하고 있으니 안쓰럽다.

연일 매스컴에서는 논바닥이 지진이 일어난 듯 갈라져 벼가 타들어가고 있다고 아우성이다. 식수도 모자라는데 정원에 물을 주자니 조금의 양심에 가책을 느낀다. 허나 어린아이같이 말 못하는 식물이 호소를 하는데 모른 척할 수도 없는 일이다.

금년은 윤오월이 있어 장마마저 늦게 올 것 같다며 농부들의 한숨짓는 소리가 가슴을 아리게 한다.

나는 5월에 세상을 보았다. 막내로 계절의 왕 5월에 태어났으니 한 인물 하지 않을까 라는 선입견에 부모님께서 매우 좋아 하셨다고 한다. 금년은 윤 5월이 있어 생일을 두 번 쇠었다. 5월은 나에겐 희비가 엇갈린 달이기도 하다.

우연의 일치라고 할까, 부모님께서도 연도는 달라도 오월에 돌아가셨다. 오 일 간격이셨다. 결혼을 한 후 한 해는 아버지 제사. 한 해는 어머니 제사 이렇게 참석했다. 그때만 해도 여자들은 친정 나들이가 그리 쉽지 않았다.

약력 | 1992년 월간 『수필문학』 등단. 문협충남지부 충남문학 대상. 제25회 수필문학상. 수필 『촌부로 살리라』, 『봄의 징소리』 외.

헌데 남편과 나의 생일도 오 일 차이가 난다. 같은 달에 생일이면 천생연분이라고 사주도 보지 않는다는 말도 있었다. 내가 생일을 차릴 때는 몰랐는데 자식들 결혼을 시킨 후 며칠 사이에 오기 어렵다고 한번으로 생일을 치르니 한 사람의 생일이 없어진 것이라 허전하고 섭섭했다. 지나고 보니 그렇게 차려 먹는 것도 즐겁고 행복한 일인 것을 알게 되었다.

나 혼자 생일상을 받은 지 어언 7년, 별것 아닌데 그때는 왜 그리 섭섭했는지 모르겠다. 거기다 남편마저 오월에 돌아가셨다. 그해는 태풍으로 인해 거의 80년 된 살구나무 가지가 현관문을 가로막고 거목 목련이 넘어져 대문을 막아 119에서 와 나무를 자르고 치워서 나갈 수가 있었다. 이렇게 정원이 주인을 잃어 내가 그들의 보호자가 되고 그들을 위해 살아왔다고 해도 과언이 아니다.

해마다 오월은 봄의 연두색에서 짙은 초록색으로 무성하여 앞으로만 전진해 나갈 기세이다. 올해도 가뭄을 견뎌낸 나무들이 울창한 숲을 이루어 완숙한 여인처럼 산과 들 위에 푸르게 대지를 지키길 바랄 뿐이다.

2017년. 올해는 나에게 의미가 있는 해이다. 우리 부부가 50년의 세월을 선물로 받은 날이다. 두 사람이 뜻을 모아 가정을 이루고 아홉 식구로 늘어났다. 공덕동에서 화곡동, 봉천동, 반포, 사당동으로 7번의 이사를 하였다. 한옥에서 단독주택, 아파트로 삶의 형태도 많이 변했다.

처음 딸을 낳고 2년 후에 아들을 낳았다. 그 아이들이 커서 손녀 둘에 손자 하나를 나에게 안겨 주었다. 그 아이들이 모두 대학생들이다. 올해는 우리의 금혼식에 딸의 은혼식, 아들의 20주년까지 경사가 겹쳤다. 하느님이 나를 예쁘게 보셔서 이런 복을 주시지 않았나 생각이 든다.

딸의 졸업식에 사위가 꽃돌이로 와서 놀랐던 일이 엊그제 같은데 25년의 세월이 흘렀다. 그 속에서 예쁜 손녀 둘이 태어났다. 이들이 초등학교 다닐 때는 제 어미 대신 내가 뒷바라지하느라고 바빴지만 이제는 그 시절이 그립다. 이제는 어엿한 대학생으로 처녀티도 나고 제 앞길을 찾아가느라고 바쁜 모습을 보면 언제 그렇게 시간이 흘렀는지 모르겠다.

아들도 대학 때 제 짝을 데리고 왔는데 같은 동네 아파트 단지에 사는 아이였다. 서로의 예쁜 정을 7년간 키워가더니 드디어 사랑의 결실을 이루었다. 그 속에서 튼튼한 손자가 태어났다. 이 아이는 운동신

약력 1999년 『수필과 비평』 등단. 수필집 『삶, 그 아름다운 추억』 국민훈장 석류장. 동포 문학상, 한국수필문학상, 문학미디어 문학상, 청향문학상 작품상. soonja41@hanmail.net

경이 발달해서 못 하는 것이 없다. 이번 20주년 결혼 기념 여행에서 부자가 골프 치는 모습의 사진을 보니 대견하기 이를 데가 없다. 이 아이 역시 제 인생을 잘 개척할 것이다.

금혼식 날 나를 깜짝 놀라게 한 사건이 있었다. 장미 50송이 꽃바구니가 배달되었다. 지금까지 꽃 한 송이 받아 본 적이 없었는데 50년의 세월이 남편을 변화시킨 것이다. 그는 마음은 있어도 쑥스러워 이런 행동을 보인 적이 없었다. 50년의 옆을 지킨 나에 대한 마음이 과묵한 성격에 교장으로 근엄한 것이 몸에 밴 남편을 바꾼 것이다.

또 한 가지 놀랄 일은 금일봉이었다. 50년 세월의 보상은 아니었겠지만 특별 보너스였다. 어디에 쓸까 고민하다가 제일 먼저 새 성전 건축하는 데 일부 헌금하고 나와 더불어 기쁨을 나누는 식구, 친구, 이웃과 함께 나누고자 한다. 사랑을 나누면 배가 된다는데.

금혼식은 장충동에 있는 S 호텔 뷔페에서 했다. 아이들이 신경을 많이 써 주었다. 엄마만 선물을 받는 것 같다며 뜻을 모아 아버지에게도 축하금을 전달했다. 손자 손녀들은 셋이서 할아버지 할머니 옷을 선물했다.

내가 살아온 50년은 결코 긴 세월은 아니었다. 둘이 하나로, 아홉이 하나로 되어가는 시간이었다.

       싱크대 바닥에 딱 달라붙은 전복들이 떨어지지 않으려 안간힘으로 버티고 있다. 두려움을 아는 것일까 본능적인 느낌일까, 살짝 칼끝을 갖다 대자 더욱 몸을 동그랗게 단단한 껍질에 의지한다. 더 깊숙이 찔러 넣었다. 파르르 떨며 필사적으로 버틴다. 그 강한 힘에 손마디가 약한 내가 감당하기 어렵다. 깊은 심해에서 무수한 적들의 눈을 피해 생명을 유지한 힘이다. 그 때문인지 바다의 인삼이라 불리며 인간의 자양강장제로 사랑을 받는 것이리라.

    이럴 땐 둘째 사위의 정답고 자상한 손길이 그리워진다. 출판업을 경영하던 사위는 IMF로 기울어지기 시작한 사업이 결국에는 팔리지 않는 책과 걷어 들이지 못한 대금으로 여기저기 빚만 남기고 파산을 하고 말았다. 앞이 캄캄하고 길이 보이지 않던 시절 친구의 소개로 수산 업체에 들어가게 되었다. 새벽부터 밤까지 인천 앞바다에서 물탱크가 달린 트럭에 생선을 가득 싣고 도매상인들에게 넘겨주는 일을 하였다. 궂은일이라고는 해보지 않은 사위는 처자식이 딸린 가장이며 빚을 갚기 위해서는 좋고 낮은 일을 가릴 형편이 아니었다.

약력 2009년 「대한문학」 등단. 393671@hanmail.net

　일을 끝내고 돌아가는 저녁 길에는 매일 처가에 들렸다. 커다란 비닐 앞치마에 몸에서는 생선 비린내가 풍기고 양손 비닐봉지 속에 살아 움직이는 생선이 가득했다. 피곤한 얼굴로 들어서는 사위의 모습은 반가움이 아닌 서늘함으로 늘 가슴 시리게 했다. 싱싱한 생선들을 손질하여 조림도 만들고 회도 떠주며 정성 다해 음식을 만들어 주었다. 나머지는 냉동실에 보관도 해 주었다. 정이 많고 자상한 사위는 남을 배려하는 마음이 생활 속에 배어 있었다. 싱크대에서 생선을 손질하는 사위의 뒷모습에 우리 부부는 아무 말도 할 수가 없었다. 고맙다고 수고한다는 말도 눈물이 날 것 같아 침묵으로 가슴앓이를 했다.

　늙어가는 장인 장모를 위해 날마다 싱싱한 전복 요리를 해주었다. 싱싱한 전복을 양파와 참기름에 살짝 볶아 주던 그 맛은 천하일품이었다. 그렇게 근 일 년 넘게 사위 덕에 전복을 태어나서 처음 마음껏 먹었지만 되돌리고 싶지 않은 사위와 우리들의 아픈 추억이다.

춘천에 살던 아파트와 상가는 월세를 주고, 화천군 간 동면 도송리에서 남은 인생의 마무리를 위해 짐을 풀었다. 올해는 유난히 자주 내리던 비가 어느 정도 마무리한다 싶더니 말복은 물러간 지 오래되었지만 더위는 한여름 막바지를 지나는지 열기가 식을 줄 모른다. 이삿짐을 정리하고, 저녁을 먹고 우리 부부는 데크에 앉아 차를 마주했다. 별들의 대화가 들리는 듯하고, 새털구름 사이로 달빛도 고요히 흐른다. 내일이 보름이라서 그런가 보다.

17년간 애벌레로 있다가 7일 정도 살고 간다는 매미가 삶의 아쉬움을 숲속에서 요란하게 연주하고 있었다. 밤이 깊어지자 귀뚜라미와 이름 모를 새소리가 다시 온 산야에 조용히 울려 퍼졌다. 밤 아홉시는 조금 넘은 것 같은데 산중은 한밤중이다.

집 밖에 둘러싸인 달맞이꽃은 황금빛보다 더 은은하게 달빛을 만끽하고 주변 콩밭과 들깨밭 옆에는 황금 울타리를 장식해 놓은 것 같다. 반딧불이가 달맞이꽃과 호박꽃 위로 날아다니는 모습은 꼭 햇둥이들의 입학을 축하 비행하듯 한다. 손주를 어린이집에서 보았을 때가 연상되었다. 다섯 시간 정도 잠을 자고 일어났건만 피곤함을 모르고 새벽을 맞이한다.

약력 2014년 『수필문학』 등단. youngju209@hanmail.net

천여 평이 넘는 비닐하우스 위로 피어난 새벽 달빛에 비추는 호박 꽃을 내려다보며 감상하기는 처음인 것 같다. 어느 꽃보다도 꿀이 풍부하다. 왕벌들이 호박꽃을 좋아하듯, 여성으로서 여유와 부의 상징으로 보이고, 풍만의 아름다움으로 다가온다. 파로호에서 서서히 피어오르는 물안개는 어느덧 칠 부 능선까지 덮는다. 이곳이 천국이 아닐까 하는 착각이 들 정도다.

인간이 만든 것은 처음에는 감동과 편리의 미학을 주지만, 시간이 지날수록 아름다움의 감동은 사라지고, 그러려니 하다가 곧 싫증이 찾아온다. 자연은 그렇지 않다 시간이 지날수록 조금씩 우리에게 변화의 아름다움을 선사한다. 그동안 나를 돌아볼 수 없는 시간을 보냈다면 이제 느림의 미학을 가지고 오붓한 부부의 생활을 즐기고 싶다.

어느 누가 그랬다. '맑은 물에는 고기가 놀지 않는다'고. 그러나 맑은 물에서 노는 고기가 있다면 그 고기는 오염을 모르는 깨끗한 물고기가 아닐까? 무더운 늦여름인 것을 보면 가을이 자연의 무대로 초청할 날이 얼마 남지 않았음을 느낀다. 병풍산 아래에서 오늘 하루도 비움의 충만으로 자연의 품에 안긴다.

　　세상을 살다 보면 상대편에게 잘못하는 일이 생길 수 있다. 그럴 때 미안하다는 말보다 자신의 행동을 합리화시키는 사람들이 많다. 자기의 잘못을 인정하고 사과하는 것을 부끄럽게 생각한다. 인간은 신이 아니므로 실수를 한다. 그럴 때 용서를 구하고 용서해야 한다.

　　달라이 라마는 "만일 나를 고통스럽게 만들고 상처를 준 사람에게 나쁜 감정을 키워나간다면 나 자신의 마음의 평화만 깨어질 뿐이다. 하지만 내가 그를 용서한다면 내 마음은 그 즉시 평화를 되찾을 것이다. 용서해야만 진정으로 행복할 수 있다."라고 했다. 용서는 자기 자신에게 베푸는 가장 큰 자비이자 사랑이다.

　　법정 스님은 "용서는 가장 큰 마음의 수행이다. 그리고 상처의 가장 좋은 치료약은 용서하는 일이다."라고 했다. 마음은 아프지만 용서할 때 우리는 누군가에게 마음의 문을 열 수 있다.

약력 2011년 『수필춘추』 등단. 수필집 『삶은 선택이다』 lan65@hanmail.net

김수환 추기경은 "살면서 얼마나 많이 용서했는가에 따라 하느님은 당신을 용서할 것이다."라고 말했다.

하느님은 얼마나 용서를 해야 하는가에 대한 제자들의 질문에 일곱 번이 아니라 일흔일곱 번까지도 용서해야 한다고 하셨다. 즉 일흔일곱 번 용서했다고 하는 것은 모든 세대의 죄가 용서되었음을 드러내는 것이며 십자가 안에서 주어진 하느님의 용서라는 충만한 선물을 받지 않은 이는 없다는 것을 뜻한다.

　　　　얼마 전 모친상을 치르고 돌아온 친구를 만났다. 캐나다 여행 중에 한국에서 연락이 왔단다. 여행 도중 황급히 나가서 어머니 장례를 치르고 돌아왔다. 생각보다 표정이 편안해 보여서 마음이 놓였다. 구순 가까운 어머니이시고 평소 치매 증상도 있으셨다고 들었기에 호상이어서 담담한가 보다 생각했다.

　그런데 친구 말이 돌아가시고 나서 장례 치를 때까지도 실감이 안 나더란다. 미국에 돌아오니 그때부터 조금씩 그리움이 밀리더니, 불쑥불쑥 시도 때도 없이 어머니 생각이 나더라고 한다. 나는 이해가 되었다. 아버지 돌아가시자 나도 그와 같았기에 말이다.

　친구는 오래전 유학 시절에 받은 엄마의 편지가 유품이더라며 그 편지를 정리하다 보니 엄마 생각이 더 나더란다. 외국에 보낸 딸에 대한 안쓰러움, 걱정으로 빼곡하게 쓰여진 편지를 읽고 펑펑 울었다는 친구. 그 편지는 거의 자기가 보낸 편지의 답장이어서 자신의 유학 역사를 알 수 있기도 하였다나? 잘 간직하겠다고 말한다.

　친구와 만나고 와서, 내 어머니는 살아 계시지만 예전에 온 편지를 찾아보았다. 나도 요즈음엔 전화로 때우지 편지를 오랫동안 쓰지 않

약력 | 1997년 『한국수필』 등단. 『낯선 숲을 지나며』 『선물』 『자카란다 꽃 잎이 날리는 날』 한국수필해 외문학상, 조경희 문학상(해외), 펜문학상(해외)

왔다. 찾아보니 어머니의 편지도 꽤 여러 통 있었다. 인터넷이 발달하지 않았던 이민 초기의 편지들이다.

밑반찬 만드는 여러 가지 조리법, '일본 무'로 깍두기를 담글 땐 소금을 적게 치라는 살림의 지혜, 돈을 얼마 송금했으니 조만간 도착할 것이라는 안내에 이르기까지 부족한 딸에게 도움을 주는 내용으로 가득했다. 철자법이 군데군데 틀리기도 한 어머니의 편지엔 아이의 돌상에 올리려고 물어본 약식 만드는 법이 써 있었다. "휘쓸러에 찰밥을 되게 짓고, 큰 양푼에 담은 후 흑설탕을 넣고 대추, 밤, 잣을 버무려 렌지에 15분 돌려라" 엄마 식으로 쓴 조리법이다.

"이 서방 잘 먹는 풋꼬추 메루치 볶음은 꽈리고추를 요지로 구멍을 쑹쑹 내서 볶으면 양념이 밴다" 이런 조리법도 있었다. 그 말미엔 "대충 드리 붓지 말아라 모든 양념은 숟갈로 떠서 조곰씩" 하고 써 놓아서, 마치 과학적인 살림을 하는 사람 마냥 끝마무리를 했다는 것이다.

명색이 가정대학을 나온 딸인데도 엄마는 내 살림 솜씨가 못미더우셨던 모양이다. 이 웃기는 레시피를 보고… 나는 울었다.

꽃에는 꽃말이 있고 사람들은 꽃말에 맞는 정서를 은유하려 하지만 나는 그렇지 못하다. 꽃의 이미지를 어떤 한정된 말에 묶어 두기 싫은 것이다. 그래서 불확실한 몇 개를 제외하곤 꽃말을 제대로 아는 게 없다.

큰비가 오면 고향의 낮은 냇물은 일시에 거대한 황토물이 요동을 치며 내닫는다. 큰 강에 합류하는 아래쪽엔 온갖 것이 떠내려와 쌓인다. 커다란 돼지가 떠내려오고, 뿌리째 뽑히거나 부러진 나무들도 쌓이는데, 버드나무같이 수생력이 좋은 것은 거꾸로 박혀서도 꽤 오래 살지만, 대개는 물에 잠긴 채 옆으로 누워 얼마 못 가 숨이 막혀 죽고 만다. 물이 빠지면 죽은 나무들이 뻘과 같은 진흙을 쓴 채 허옇게 드러난다.

지난 초봄, 물이 빠진 20리 냇물 아랫녘에 목련 한 가지가 뜻밖의 모습으로 살아남아 있었다. 어지러이 엉켜 있는 죽은 나무들의 잔해 더미 속에서 홀로 솟아난 짙은 자홍빛 꽃이었다. 정원수 재배지도 아니고 인가도 없는 이런 황량한 곳에 목련 같은 관상수를 일부러 심지는 않았을 것이다. 윗녘에서 떠내려온 것이 분명했다.

약력 본명 정영기. 『창작수필』 『문파』(시) 등단. 시집 『답신』 외 공저 다수.

자목련은 그곳에선 희귀한 꽃이었다. 재작년 외지에서 사 온 묘목 몇 개를 중학교 정원에 심은 것이 처음이었다. 그날 여직원 D가 묘목 하날 얻어 갔다. 냇물이 크게 불어나 물살이 드세던 때였다. 아무도 예측 못한 일이 벌어졌다. 다음날 D는 출근하지 않았고, 그네가 신던 적자색 운동화 한 짝이 냇기슭 가시덤불에 걸려 있었다. 그날 이후 D는 우리 곁에 없었고, 마음씨 곱고 명랑 쾌활했던 D가 "목련꽃 그늘 아래서"로 시작하는 〈4월의 노래〉를 부르고, 교장 선생님이 준 묘목을 머리에 이고 팔랑거리며 퇴근하던 모습이 눈에 선하다.

꽃말은 이런 데서도 만들어질까? 어떤 꽃은 여러 개의 꽃말이 있고, 뜻이나 이미지가 서로 상반된 것들도 있다. 자목련의 꽃말은 "믿음"으로 나와 있다. 지금 내게 하나를 더 지으라면, 글쎄, 죽은 것들의 틈새에서 외롭게 핀 자홍빛 꽃시울이 붉게 젖은 눈시울을 연상케 하는데, 밝게 웃고 있는 D의 모습 위에 투명한 물결로 흐르는 슬픔과 남은 우리의 아픔을 함께 함축하고 싶은 몇 마디의 소묘가 좀처럼 잡히지 않는다.

올겨울은 유난히 춥다. 구십육 년 만에 찾아온 한파라고 방송에선 야단이다. 연이어 계속되는 추위로 유치원 밖의 수돗물을 얼지 않도록 열어 놓았다. 조금씩 흐르는 물이 얼어 수도 주변에 얼음이 가득하다. 작은 물방울이 떨어지는 곳은 자연스레 얼음 샘이 되었다.

며칠 전부터 점심때가 되면 콩새 부부가 어김없이 그곳에 와서 물을 한 모금씩 마신다. 꼭 둘이 온다. 어떻게 알고 찾아왔는지 신기하다. 말 못하는 새지만 그 모습이 얼마나 다정한지 질투가 난다. 한 마리가 먼저 와서 물을 마신 뒤 꼭 소리를 내어 다른 한 마리를 부른다. 둘이 머리를 얼음 샘에 들여대고 속삭이며 물을 마시는 모습이 다정한 신혼부부 같다.

샘은 늘 물이 솟아나서 생명의 근원이 된다. 사람이나 짐승들, 그리고 식물들도 물을 먹지 않으면 살아갈 수 없듯이. 내가 중학교 다니던 등하굣길 산 아래 있던 옹달샘, 지금까지 눈에 생생하다. 아주 무더운

약력 2006년 『한국수필』 신인상. 월간 한울문학 수필 부문 본상. 푸른솔문학상. 수필집 『석곡의 은은한 향기 속에』 등. 2663819@hanmail.net

여름날이었다. 더위 책가방을 잠시 내려놓고 그곳 작은 옹달샘에서 한 모금씩 움켜 먹던 물맛을 잊을 수 없다. 달콤하고 시원해 더위를 가시게 했던 샘물.

아마 콩새 부부도 그런 마음이었을 게다. 한겨울 어느 곳에 가서 물을 마실까? 추위도 아랑곳없이 여러 곳을 찾아 헤맸을 것이다. 다행히 찾아온 곳에 물이 있어 얼마나 좋았을까. 추워 얼어붙은 얼음덩이에 생긴 얼음 샘, 그 쓸모없는 물질이 콩새 부부에겐 구세주가 됐다.

오늘은 날씨가 좀 풀려 얼음 샘이 녹아 작은 호수가 되었다. 콩새의 가녀린 다리로 그곳에 들어가면 빠져 살아남기 힘들기에, 뾰족한 부리를 대고 수도꼭지에서 흐르는 물을 먹는다. 애처롭다. 얼음이 녹으면 다시 인공 수조에 작은 옹달샘을 마련해 주어야지.

집무실 안의 유리창에서 그 모습을 바라본다. 얼음 샘에서 물 마시는 콩새 부부의 다정한 모습에 내 마음도 흠뻑 빠져들고 말았다.

어떤 샘물이 되어 주변 사람들에게 갈증을 풀어줄까, 난!

젊은이들의 함성이 가득한 곳에서 래퍼들이 대결을 한다.

'밟아 주겠어. 여보세요, 거기 경찰차 좀 불러주세요, 내가 지금 죽일 거거든요.' 서로 디스하느라 살벌한 랩들이 오간다. '죽도록 원하고 이젠 죽음을 원해. 난 알약 세 봉지가 설명해. 내 지금의 삶.' '소외된 모두를 내가 대신할 수는 없을까. 나를 사랑하는 법을 몰라. 외로워진 걸까.' 아픈 현실과 철학적인 사고의 가사가 마음을 건드린다. 재치 있고 맛깔스러우며 섬뜩한 랩의 향연은 밤이 깊어가도록 계속된다. 순발력과 공격성, 재치와 말장난이 어우러진 랩은 기가 막히다 못해 혀를 내두르게 한다. 또 다른 저항 문화가 이곳에 있다.

그들은 어떤 음악의 문을 열고 걸어 들어간 것인가. 우리 시대의 음악에는 서정이 가득했다. 이제 새로운 세대의 다른 길을 본다. 초스피드의 음악이다. 직설적이고 괴이하고 흥분적인 메시지를 담고 벙거지 모자와 주렁주렁한 액세서리와 헐렁한 옷으로 자신을 표현한다. 약동하는 의미의 힙합Hip hop은 미국 뉴욕의 흑인 사회에서 거리 문화로 처음 시작되었다. 랩이란 반복적인 리듬에 맞춰 가사를 읊듯이 노래하는 힙합 장르의 음악이다. 우리나라 음악에도 고수의 북장단에 맞추어 이야기를 엮어서 부르는 판소리가 있다. 특유의 몸짓과 이야기를 풀어놓는 것은 같은데 랩은 짧고 빠르고 판소리는 길어서 몇 시간씩 부르기도 한다. 두 가지의 공통점은 악보가 없으며 풍자와 은유적

약력 2012년 월간 『한국수필』 등단. 작품집 『숨어우는 작은 새』 『낙타가 사는 부엌』
r-keumhee@hanmail.net

이고 호흡이 길어야 제대로 부를 수 있다.

어느 평론가는 작가의 수필집 한 권을 읽으면 그 사람이 살아온 인생을 엿볼 수 있다고 했다. 래퍼들의 랩을 듣다 보면 그 래퍼의 인생이 엿보인다. 짧고 함축되고 신랄한 몇 분의 가사 몇 마디에 그들은 전하려 하는 메시지를 담고 자신의 인생과 생각과 감정을 피력한다. 힙합의 리듬을 타고 읊조리는 가사 속에는 감정이 꽉 들어차고 내포하는 것이 너무나 커서 울컥하기도 하니 음악은 여러 유형으로 진화하고 있음이 틀림없다. 처음은 말이 빨라서 무슨 소리인지 알아들을 수가 없었다. 오랫동안 듣고 빠른 리듬을 타며 부르는 가사에 익숙해져야만 들린다. 그 랩이 젊은이들을 매료시키고 있다. 듣는 관객에게 명확하게 전달하면서 같이 공감해야 능력 있는 래퍼로 명성을 날린다.

독특한 문화를 들여다본다. 시대의 빠른 변화에 맞춰서 음악이 흐르고 젊은이들은 그 흐름을 타고 있다. 그들만의 세계인 것인가. 말과 노래의 경계선에서 사회에 대한 비판과 불만, 내면의 불안을 음악으로 승화시켰다. 내가 걸어온 길과 판이하게 다르지만 관심을 갖고 귀를 기울인다. 그들의 고민과 아픔을 바라보면서 묘한 음악으로 비상하는 요즘의 힙합 세대가 참으로 강렬하다. 생소하지만 에너지가 넘치며 신선하다.

어머니는 생존 시에 걸핏하면 '만냉'을 연발하셨다. "그것 참 만냉이네, 참 만냉이야!" 티비 뉴스를 볼 때나, 연속극을 볼 때도 그러셨다. 그 뜻을 나름대로 풀이해 보면 만냉은 '만행'의 사투리이며, 만행은 '천만다행'의 줄임말이지 싶다.

그렇게 보면, 어머니의 시대는 줄곧 만냉의 시대였던 것 같다. 삼일 독립운동 3년 전인 1916년에 태어나셔서 93년을 사시는 동안 얼마나 많은 만냉을 겪으셨으랴.

세월은 그렇다손 치더라도 칠 남매를 키우면서는 더욱 그러셨을 터이다. 6·25전쟁 피란길에서 일곱 살짜리 아들이 허벅지에 총을 맞고도 살아나고, 갓난아이가 마루에서 모깃불 더미에 떨어져도 살아났기에, 어머니의 만냉은 안도의 한숨 그 이상인 감사의 기도였을는지도 모른다. 시집간 딸이 몹쓸 병에 걸려 사경을 헤맬 때에는 명주실

약력 | 2011년 격월간 『에세이스트』 등단. 수필집 『우린 다시 만날 수 있을까』 제9회 정경문학상.
mslim2003@hanmail.net

보다 더 가느다란 희망만 보여도 어머니는 만냉을 외쳤으나, 결국 딸은 어머니의 만냉을 외면했다. 이때의 만냉은 만냉이기를 갈구하는 간절한 기도였을 것이다.

나도 이제 사위와 자부를 보고, 손주들이 생겼다. 옛날이나 지금이나 뭐 그리 세상이 확 바뀌었을까마는 요즘 세상이 왜 더 험하고 아슬아슬하게 느껴지는지 모르겠다. 그래서인지, 자식들에게 일어나는 웬만한 사고나, 손주들이 넘어져 무르팍이 깨지는 일에도 나는 '그만하면 다행이다'를 연발한다. 사실 이젠, 그 말 이상 해줄 말도 별로 없다. 그러니 '그만하면 다행이다'라는 말은 안도의 한숨이자, '그만하면 다행이다'라는 말 이상의 일이 일어나지 않기를 바라는 간절한 기도이기도 하다.

어머니의 '만냉'이 칠 남매를 위한 기도였듯이 말이다.

"낮에 너희 집 갔을 때, 너에게 할 말이 이제 생각났어."

저녁을 먹고 문득 떠올라 그녀에게 전화를 했다. 그녀는 말없이 내 말을 한 참 듣더니

"언니! 지금 한 말은 낮에 다 했는데."

불과 몇 시간 전 나누었던 이야기를 까맣게 잊다니, 눈물이 왈칵 쏟아졌다.

얼마 전에도 황당한 일이 있었다. 서울 사는 친구에게 전화가 왔다. 친구는 내가 아는 사람 전화번호를 달라고 했다. 나는 저장한 번호를 알려주기 위해 핸드폰을 찾고 있었다. 집 안을 빙빙 돌며 아무리 찾아도 보이지 않았다. 덮고 잤던 이불도 털어 보고, 좀 전에 주방에서 전화했던 일이 생각나 샅샅이 뒤져봐도 없었다. 그러다 집 전화로 눌러 보니 통화 중이었다. 귀신이 곡 할 노릇이었다. 친구는 씩씩대며 전화기를 찾는 내게

"어디다 적어 놨니?"

"핸드폰에 저장했는데 안 보이네."

갑자기 친구는

"에고에고 어쩐다냐. 너도 어쩔 수 없이 세월을 못 이기는구나."

핸드폰을 귀에 대고 온 집안을 빙빙 돌며 찾았다. 남의 이야기인 줄 알았다. 내가 겪어 보니 기가 찰 노릇이었다. 친구는 자신도 그런 일

약력 2011년 『한국수필』 등단. 『박하꽃 향기』 img458@hanmail.net

을 가끔 겪는다고 웃었다.

요즘 들어 기억력이 점점 떨어져 걱정이다. 그래서 생각해 낸 것이 핸드폰 메모지다. 저녁이면 다음 날 할 일을 차근차근 적어 놓는다. 사람과 약속을 최우선으로 적어 놓고, 은행 업무를 보면서 가까이 있는 시장이나 마트에서 생필품 구입할 것까지 하나하나 적는다. 메모를 해 놓아도 몇 시간이 지나 열어 보면 약자나 낱말 한자만 틀려도 무슨 말인지 도통 생각나지 않는다. 까마귀 고기를 먹었는지, 그래도 기죽기 싫어 나이 탓으로 슬쩍 돌린다.

정신이 더 깜빡거리기 전에 예방부터 착실히 해야겠다. 치매 예방에 특효라는 화투 치는 재주는 없다. 그보다 치매에 더 좋은 특효약은 일기 쓰는 일이라고 했다. 나는 새벽이면 일기보다 더 긴 작문을 쓰고 일주일에 한 번 도서관에서 문학 강좌도 받는다. 또 혀 굴리는 영어도 효과 있을 것 같아 배우고 있다. 치매에 제일 원인인 아픈 기억을 머릿속에서 싹싹 지우려고 노력한다.

나는 총명했던 열여섯 소녀로 돌아가기 위해 타이머신을 타고 고등학교에 입학을 했다.

약수터에 올라 조롱박에 물을 받아먹고 나머지 물을 버리는데 사마귀가 보였다. 느닷없는 물세례를 받고 놀랐는지 놈은 고개를 요리조리 흔들고 날개를 펄럭였다. 그것을 보고 내가 바짝 다가서니 놈은 그 긴 앞발을 들어 올려서 경계 자세부터 취한다. 그 모습을 보자니 '아무려면 내가 제 깐 놈 하나를 당하지 못할까 보냐'하는 생각이 들어 스스로 생각해도 우습고 가소로운 마음이 드는 것이었다.

이때 문득 고사 하나가 머리를 스쳤다. 어느 날 제나라 장공莊公이 사냥을 나갔는데 길 한복판에 이놈이 유난히도 큰 앞발을 쳐들고 굴러오는 수레바퀴를 막아서는 것을 보고 마부에게 "저게 무슨 곤충이냐?" 하니, "예, 사마귀라는 것인데 자기 분수를 모르고 튼튼한 발 하나만을 믿고 저러고 있습니다." 하자 "참으로 용감한지고. 만약에 사람이 저와 같으면 천하에 무서운 용사가 됐을 것이다."고 했다는 당랑거철螳螂拒轍이라는 고사.

그러나 내가 보기에 이놈은 허풍쟁이임이 분명하다. 왜냐하면 용감해서 맞선다기보다는 무서워서 취한 경계 자세로 보이기 때문이다. 그런데 오늘 이놈과 조우하여 보니 여간 웃기는 녀석이 아니다. 생김새가 마치 ET와 같고 머리를 자유로이 좌우로 회전할 뿐 아니라 몸에 비해서 턱없이 큰 앞다리는 탄탄해 보이면서도 근력이 느껴지는데, 거기에다 가장자리에는 날카로운 톱날까지 갖추고 있다. 그것으로 상대방을 움켜쥔다면 절대로 빠져나가지 못할 것 같다.

그리고 45도로 치켜선 자세 또한 여간 위협적으로 보이지 않는다. 그리고 보니 제멋대로 생겨 먹은 것 같은 몸의 구조는 실은 대단히 활용도가 높아 보인다. 만약에 로봇을 만드는 공학도가 본다면 기능은 이미 수천 년 동안 살아온 내력으로 검증을 해 보인 셈이니 참고할 좋은 아이디어가 될 것 같다. 로봇은 어차피 추구하는 게 모양이 아니라 기능과 효율성에 있기 때문이다. 그렇지만 나는 오늘 놈에게서 새삼스레 교만한 자의 허세를 다시 본다.

영리한 포수

임수임

철쭉꽃이 두 개가 있었다. 흔한 빨간색 철쭉과 또 하나는 흰색이 조금 섞인 분홍색 철쭉이었다. 우리 꽃 가게에 꽃이 들어오던 날, 가끔 오는 단골분이 분홍색이 예쁘다며 내일 꼭 가지러 온다며 예약을 하고 갔다. 그 날 저녁때 젊은 여자가 들어와 철쭉 앞에서 머뭇거리는데 나는 의도적으로 다가가서 "빨강이 더 예쁘지 않아요?"라고 말했다. 분홍색을 만지던 여자는 다시 빨간색도 만져 본다.

전깃줄에 앉아 있는 참새를 향하여 포수가 총을 쏜다. 한 마리는 땅에 떨어졌고 또 한 마리는 후드득 날아간다. 영리한 포수는 땅에 떨어진 참새는 쳐다보지도 않고 날아가는 참새를 겨냥하여 또다시 총을 쏜다. 조금 후 분홍색을 만지던 젊은 여자는 결국 빨간색 철쭉을 들고 가게 문을 나간다.

몰라서 영리한 포수가 되는 경우도 있다. 언제나 내 밥은 괜찮은데 까다로운 아버지 밥에게만 돌이 들어가서 밥상에서 찌푸리는 얼굴을 가끔 보고 살아왔다. 나중에 과학을 배우다 보니 대류 현상의 원리로 더운물은 온도가 올라가면서 부피가 팽창하는데 이것은 밀도가 작아짐을 의미한다. 그래서 차가운 것은 아래로 내려가고 따뜻한 것은 위로 올라간다. 밥 솥에 쌀알보다 무거운 돌이 바닥에 가라앉아 있다가 밥솥이 부르르 끓어오를 때 아래에 있던 돌도 같이 위로 올라가므로 먼저 푼 아버지 밥그릇에 영락없이 들어가는 것이다. 그러나 모르고 한 일이라 지금도 자책감이 없다.

소 도둑질을 해도 앞에서 끌고 가는 것과 뒤에서 따라가는 것은 형량이 다르다고 말해준 것은 사법고시를 본다고 세상을 재미없게 사는 큰 오빠의 입에서 나온 말이다. 사실 우리 삶 속에서 앞에서 끌고 가는 영리한 포수가 얼마나 많은지 모른다. 며칠이 지나도 가져가지 않은 분홍색 철쭉을 바라보며, 영리한 포수는 그제야 깨닫는다. 알고 지은 죄를….

측간에 들어서는 순간, 멧돼지가 솟아올랐다. 피할 겨를도 없이, 녀석이 날 덮쳤다. 순식간의 일이건만 선명한 기억으로 잠을 깼다. 와중에 로또를 사야 할지 말아야 할지 망설였다. 이부자리 속에 몸을 깊이 묻어보지만 더 이상 잠은 오지 않는다. 날이 밝기를 기다려 출근길에 결정을 내려도 늦지는 않으리라.

러시아워에 집을 나섰지만 시원스레 차가 빠졌다. 점심시간이 지날 무렵 꿈 생각이 났다.

로또를 사러 가, 말어?

굴러들어온 행운을 차버릴 수는 없다. 설렘의 도가니에서 연신 콧노래를 흥얼거렸지만 이런 나의 기분을 아무도 눈치채지는 못했으리라.

돈에 대한 갈증을 한 방에 날려버릴 절호의 기회. 휘파람을 불며 사무실을 나선다.

약력 수필집 『웃는 연습』 『하프 플라워』 『실키의 어느 하루』 『너인 듯한 나』 이론서 『글, 맛있게 쓰기』
평론집 『로고스@카오스』 영문 에세이집 『Half Flower』 대구수필문학상, 대구문학상

몇 장을 살까, 한 장, 두 장, 아니 아예 열 장 정도?

얼마 만에 가져보는 평화인가.

알짱거리는 굼벵이 운전자들에게도 마음이 너그럽다. 끼어들기를 시도하는 모든 차량들에게 양보를 하리라.

로또!

행운은 이미 내 손끝에서 춤추고 있다. 쏟아지는 갈채와 환희! '나에게도 한 번쯤'이 실현되려나 보다.

"끼익!"

"신호 위반이십니다. 오늘은 그냥 보내드리겠습니다. 앞으로는 위반하시면 안 됩니다."

혼밥, 혼술에 혼자 여행가고 혼자 살아가는 일이 새삼 대단한 일은 아니지 않은가요. 기댈 수 있는 벽에 몸을 맡기고 낮잠에 취한 혼족 고양이처럼 혼자 놀며 대담해져도 되겠습니다.

– 권남희 「어느 혼족의 편지」 중에서

흩뿌리듯 내리는 비가 만들어 낸 물안개가 숲속을 가득 채우고 있다. 분명 눈앞에 존재하고 있는데, 손 내밀어도 잡히지 않는 물안개가 몽환적인 경치를 만들어 내고 있는 것이다. 숲을 은폐하듯이 펼쳐져 한 치 앞을 볼 수 없다는 건 당장은 답답하기도 하지만, 그 반대로 보이지 않는 곳에 펼쳐질 풍경에 대한 궁금증을 자아내기도 한다. 푸르른 나뭇잎들이 비에 젖어 더 푸른 생기를 내 품어 숨쉬기에 무척 편안함을 준다. 젖은 흙과 작은 자갈로 뒤섞인 보행로는 아스팔트에 시달린 발바닥에게 상쾌한 지압의 효과와 더불어 시각적인 여유까지 덤으로 준다.

목적지가 가까이 있음을 느껴도 자욱한 물안개로 그 실체가 보이지 않으니 신비스러움을 느끼고 싶은 발걸음에 서두름의 채찍을 가하고 있었다. 좁지만 정갈하게 만들어진 돌계단이 빗물에 씻겨 반들반들 윤이 흐르고, 그 계단을 따라 조금은 힘이 들지만 조심스럽게 한 발, 한발 오르니, 고즈넉하게 자리 잡은 사찰이 눈에 들어왔다. 근래에 다녀 본 사찰치고는 규모가 그리 크지는 않지만 아기자기함과 웅장함을 함께 보여 주는 위엄이 있어 보였다.

경내는 물안개로 가득 채워져 마치 한 꺼풀 천을 벗겨내면 한 장면이 나타나듯, 경내의 건축물들이 영화에서나 본 듯한 장면을 연출하고 있었다. 오래된 기와의 틈새를 파고들어 삐죽이 고개 내민 들풀도

약력 『문학시대』 시 부문, 『월간문학』 수필 부문 신인상 당선 등단. 시집 『뇌요』 외 4권, 수필집 『뒤 돌아 보면』 제2회 문파 문학상, 2017 한국수필 올해의 작가상, 2018 수원 문학인상

낯선 이방인의 방문에도 생글거리며 바라보고, 처마에 매달린 거미줄은 대롱대롱 투명의 물 진주를 달고 자태를 뽐내고 있었다. 조용한 경내를 지나 작은 문을 나서니 수령 500년에 키가 35m나 된다는 보호수가 우산 역할을 톡톡히 하고 있었다. 안개는 여전히 시야를 가리고 가물가물 들리는 독경 소리에 차향이 어우러지니 어디서 들은 소리지만 극락이 따로 없어 보였다.

불가에서는 채소를 씻을 때에도 마구 흔들어 씻지 않으며, 촛불을 끌 때에도 입김을 불어 끄지 않는다고 한다. 그 이유는 인간들의 눈에는 보이지 않아도 그 속에는 무수한 생명들이 있어 그들이 상처를 받지 않도록 배려를 하는 것이라 한다. 천주교 신자인 나도 그간 경솔했던 행동거지의 무지함을 깨우치게 하는 말씀이 아닌가 싶어 절로 고개가 숙여지는 대목이었다.

길지 않은 머무름이었지만 물안개 스민 수종사는 내게 보이지 않는 배려와 사랑을 다시 깨닫게 했다. 돌아서는 걸음, 걸음에 그 감정이 조금은 스며든 것 같아 발걸음마저 조심스럽게 내딛으며 휘휘 저어도 사라지지 않고 곁에 머무는 물안개에게 감사의 합장을 했다.

실천하는 자세

전효택 ———————

　　젊은 시절 어려움에 처했을 때에 도움을 주신 분들을 직접 찾아뵙고 고마움을 표시하여야겠다는 생각이 든다. 최근에 읽은 리호노소프의 단편 「브란스끄 사람들」의 마지막 문장에 감동을 받고서 든 마음이다. '갈 길은 멀고, 삶은 우리를 다시 이곳으로 이끌지는 못할 것이다. 내가 여러 곳에 두고 왔던 모든 사람들, 요즈음에도 내 안에서 부담 없이 머무르고 있는 모든 사람들을 둘러보고 싶다는 생각이 들었다.'

　　30대 초반 일본 도쿄대학에서의 박사후(Post-Doc.) 유학 생활은 가족과 떨어져 나 홀로 지내며 경제적으로 정신적으로 몹시 힘든 시기였다. 도움 주신 다섯 분이 새삼 기억난다. 우선 인도네시아로 출장 가시면서 일부러 도쿄에서 일박하신 K 박사님이다. 그분은 숙소로 나를 불러 아침 식사를 함께하고 일백 달러를 주시며 유학 생활에 보태라 하였다. 아무리 사양하여도 선배가 주는 돈이니 받아야 한다 하였다. 당시 나의 한 달 생활비가 삼백 달러 정도였으니 적지 않은 액수였다. 도쿄대학 아카몬赤門 앞에서 Y 선배님을 우연히 만났는데 출장

약력 2014년 『현대수필』 등단. 산문집 『아쉬운 순간들 고마운 사람들』 chon@snu.ac.kr

중 이 대학을 방문하여 기념사진을 찍는 중이라 하였다. 저녁 식사를 함께 하며 고생한다고 5,000엔을 주고 가셨다. 모교의 J 교수님은 공동 연구 프로젝트에서 받은 본인의 한 달 인건비를 주시며 유학 생활에 보태라 하였다. D 사 도쿄 지점에 근무하던 대학 동기 L도 잊을 수 없다. 수시로 나를 불러내어 신주쿠에서 저녁을 사주고 작은 아파트 숙소로 초대하여 한국 음식을 대접하곤 하였다. 지도교수 S 박사님은 나의 연구 생활을 물심양면으로 지원하여 주신 분이었고 교수 생활의 모범을 보여준 분이었다. 작년 12월 도쿄대학을 일주일 방문하며 교수님을 다시 뵐 수 있었다. 이제는 팔순을 앞두고 있어 등도 굽으셨지만, 정년 이후에도 대학 박물관에서 일주일에 하루 암석광물시료 정리 자원봉사를 하신다는 모습이 혈혈하셨다.

　이분들로부터 배운 교훈은 주위를 배려하고 말을 아끼며 물질적으로 돕는 실천하는 자세였다. 지난 40여 년간 내 능력과 수준에서 소박한 배려와 봉사 생활을 실행하고 있다.

　　　　살충제 검출 계란 관련 추적 조사 및 위해성 평가 결과 발표에 따르면 살충제 피프로닐에 최고 농도로 노출된 계란을 매일 2.6개씩 평생 먹어도 만성 독성의 위험이 없고 하루에 126개를 한꺼번에 섭취해도 급성 독성의 위험이 없다고 한다. 위험하지 않은 수준의 화학물질 노출에 전국이 계란공포증에 휩싸였던 것이다.

　　문제는 위해성 의사소통에 있었다. 위해성 의사소통은 위해성 평가와 관리에 관련된 사람 간의 정보교환이라고 할 수 있다. 얼마만큼의 리스크를 받아들일 것인가에 대한 일반 대중을 비롯한 언론과 전문가 집단의 활발한 의견 개진과 소통이 그 어느 때보다 필요하다.

　　화학물질의 인체에 대한 위해성 평가는 유해성확인, 용량-반응평가, 노출평가, 위해도결정의 4단계를 기본으로 한다

　　유해성확인 단계에서는 비발암성물질인 경우 최대무영향관찰용량(NOAEL) 또는 최소영향관찰용량(LOAEL)을, 발암성물질인 경우 단위위해도 또는 발암력값을 결정한다.

　　용량-반응평가 단계에서는 비발암성물질은 정상인이 평생 노출되었을 경우에도 유해한 영향이 발생되지 않을 것으로 기대되는 1일 노

약력 2013년 『수필춘추사』 등단. khjung@duksung.ac.kr

출허용량을 NOAEL로부터 도출한다. 발암성물질은 미국 환경청에서 제공하는 IRIS자료를 준용하며 우리 국민의 노출계수를 적용하여 수행된다.

노출평가 단계에서는 노출 환경과 노출 경로의 규명을 통해 노출량을 산정한다.

위해도결정 단계에서는 비발암성물질은 노출기준값 대비 인체 노출량 수준을 평가하고 발암성물질은 단위위해도에 현재의 오염농도를 곱하거나 발암력에 인체노출량을 곱하여 산출한다.

독성은 존재 여부가 문제가 아니라 그 양이 문제이기 때문이다.

의사소통의 미숙과 전문가 집단에 대한 불신으로 반목과 대립이 지속되고 악화된다면 많은 사람이 피해를 입게 될 뿐만 아니라 결국 민주주의의 존속마저 위협당할 것이라는 전문가와 강적들의 저자 톰 니콜스의 웅변이 시선을 끈다.

앞으로 다른 화학물질 위해성 평가에서도 반복될 것이기에 더 걱정스럽다.

난초 향기

정목일

몇 해 전에 문우로부터 난초 한 뿌리를 선물 받은 일이 있다.

등기 우편물이 와서 펼쳐보니 뜻밖에도 난초가 들어있었다. 화분에 심은 난초를 선물로 받아보긴 하였어도 등기우편으로 받긴 처음이었다. 동봉한 편지를 읽어보았다. 발신인은 평소에 작품을 통해 알았던 분이었다. 그는 불현듯 난초를 보내고 싶어서 이런 방법을 택하였다고 했다. 사흘쯤이면 도착할 것이고 즉시 화분에 심으면 살려낼 수 있다고 했다.

편지글을 읽고 나니 마음속에서 난향이 풍기는 듯했다. 그는 어쩌면 지란지교芝蘭之交를 원했는지 모른다. 난초꽃이 피면 그를 초대하여 술을 마신다면 얼마나 운치가 있을 것인가. 달빛과 난향 속에서 차와 술을 마시는 모습을 그려보았다. 그것이 난을 받고서 내가 취할 수 있는 화답이 될 것 같았다.

나에겐 이 난을 살려서 잘 키워내야 한다는 임무가 부여되고 있음을 알았다. 난 재배의 경험이 없는 나로선 마음의 부담이기도 했다. 나는 즉시 난 전문점으로 가서 화분에 심어 왔다. 희귀한 난을 보낸 것은 예사의 성의가 아니라는 말을 들었다.

약력 1975년 『월간문학』 수필 당선. 1976년 『현대문학』 수필 천료. 수필집 『남강부근의 여울나무』 『대금 산조』 등 30여 권. 한국문학상, 조경희수필문학상, 흑구문학상, 원종린수필문학상 등

내 정성이 부족했음인가. 한 달이 채 안 돼 난초잎이 윤기를 잃기 시작했다. 난 전문점에 가서 영양제를 주입하였지만 난초는 끝내 시들어버리고 말았다. 난초를 살려 놓고서 난을 보내준 문우에게 답장을 쓰리라 생각했는데, 할 말을 잃게 되었다. 어떻게 난을 죽이고 말았다는 잔인한 말을 쓸 수가 있을 것인가.

답장을 보내지 못하고 몇 년이 지나갔다. 아무리 귀한 보배라고 할지라도 이것을 담을 수 있는 그릇이 있어야 한다. 난을 키울 수 있는 마음의 그릇이 나에겐 없었다. 세월이 지나가도 난을 보내 준 문우는 나에게 묻고 있지 않을까 싶다.

'난이 잘 자라고 있는가?'

그대여, 언젠가 마음속에 난 꽃을 피워서 그 향기를 보내고 싶다.

들창은 공기나 빛이 들어올 수 있도록 벽의 위쪽에 자그 맣게 만든 문¹⁾이다. 방안이 훤히 보이는 창문과는 달리 조금만 아른 아른 보여서 속은 어떻게 생겼을까 몹시 궁금하게 하는 매력적인 작 은 문이다.

나는 한 여성이 인생을 어떻게 생각하면서 살아가고 있는지 궁금 해 할 사람을 향해 글방에 있는 들창을 살짝 연다. 그리고 고개를 내 밀어 이름도 모르는 누군가에게 행복하게 살려고 노력하는 모습을 보여주기 위해서 밝은 미소를 띄워 보낸다. 슬픔일랑 들창 밑으로 숨 겨 버리고서.

현대인들은 대부분 답답하게 보이는 들창보다는 속 시원하게 보이 는 널따란 창문을 좋아한다. 창문뿐만 아니라 무엇이든지 시원스럽게 열려 훤히 보이는 걸 좋아한다.

그래서인지 여성 패션까지도 앞이 훤히 드러나 보이는 배꼽티가 유행하여 너도나도 입는다. 하이얀 복부 가운데에 움푹 패인 배꼽이 숨기고만 있기엔 너무도 앙증스럽게 예뻐서 남에게 보여 주고 싶은 열린 마음이 생겨서다. 모두들 즐겨 입으니 배짱이 두둑한 임신부도 입고선 오리처럼 뒤뚱뒤뚱 길을 걷는다. 보는 사람의 민망함은 아랑 곳하지 않은 채 호박같이 둥글게 불거져 나와 신비스럽기 그지없는 아름다운 몸짱을 자랑이라도 하려는 듯이 말이다.

약력 『미주 중앙일보』 창간 15주년 기념 이민수기 우수상, 2003년 『광야』 신인문학상 수필 부문 당선, 2009년 『한국수필』 신인문학상 등. 수필집 『기쁜 소식』 『오메, 복사꽃 피네』

여성은 가능하면 몸매를 가려야 매력이 있다 하여 폭넓은 치마 속에 묻혀있는 임신된 복부를 널따랗고 보드라운 복대로 싸매던 들창 같은 매력을 지닌 옛 여성들의 이야기는 소설만 같다.

한옥 집 돌담을 끼고서 만들어진 아담한 방에 깔끔하게 창호지를 바른 들창은 참으로 은은한 한국의 정서가 서려 있다.

그런데 현대적인 가옥들은 환한 창문들이 많아서인지 사생활이 너무 드러나 보여서 아늑한 인생사의 멋이 깃들 장소가 사라지는 느낌을 준다.

세월이 갈수록 속 안이 보이지 않아 궁금증을 일게 하는 들창보다는 무엇이든지 훤히 들여다보이는 시원한 커다란 창문에 관심이 쏠리는 경향이다. 그렇지만 아직도 작은 창틈으로 스며드는 따스한 빛과 신선한 공기가 솔솔 들어오는 아담한 들창을 선호하는 사람도 있다.

나는 남에게 다 드러내 보이지 않고 나만의 고즈넉한 삶의 행복을 느끼게 하는 '들창'이 내 글방에 있어서 참으로 좋다.

　　　　나는 바람입니다. 소리로 존재하는 나는 바다를 끌어안고 파도를 일으키며, 숲 우거진 계곡에서 바위를 만나 계곡물과 어울려 조잘대고, 때로는 대나무의 결기와 인고의 세월을 댓바람 소리로 전하기도 합니다. 교회 첨탑의 종소리를 불 꺼진 움막까지 실어다 주고 새들의 울음소리를 숲속 가득 실어 나르며 밤새 뒤척이는 개울물 소리에 기대어 함께 울 때도 있지요.

　　당신은 문득 누군가 당신 곁에서 울고 있는 듯한 느낌이 든 적 없었나요? 내 손길이 닿는 빈 곳의 가락은 울음이 되거든요. 봄바람에 꽃잎이 비처럼 떨어질 때, 물기 하나 없는 낙엽이 발밑에서 부서져갈 때, 막막한 어느 겨울밤, 가로등 아래 흰 눈이 흩어져 내릴 때, 그럴 땐 내가 당신을 찾아간 것이라는 걸 기억해주기 바랍니다.

　　나는 바람입니다. 내게도 다다를 수 없는 경지가 있고 이을 수 없는 인연이 있습니다. 서쪽 하늘을 고요하게 물들이는 노을이 그러합니

약력 『에세이플러스』 등단, 대담집 『외로운 영혼들의 우체국』, 수필집 『우즈강가에서 울프를 만나다』, 남촌문학상, 한국산문문학상, 에세이스트 올해의 작품상

다. 다가갈 수도 없고 흔들 수도 없으며 소리조차 흡수해 버리는 절대 고독의 존재, 이 황홀한 비극과 생은 닮은꼴입니다. 모든 것을 다 가지고 무엇이든 다 이룰 수 있다면 생은 얼마나 시시하겠습니까. 이루어질 수 없는 것들은 나를 절망하게 하고 때론 목 놓아 울게 하지만, 또한 간절히 기도하게 하고 열망과 고뇌의 시간들로 나를 키우지요.

나는 욕망의 다리에도 묶이지 않고 무심의 그물에도 걸리지 않는 바람입니다. 세상 만물처럼, 당신과 그대들처럼, 그저 인연 따라 왔다가 인연 따라갈 뿐. 그러니 당신을 찾아 내가 오거든 먼 곳에서 전하는 소식에 귀 기울여 주시고, 내가 머물거든 내게도 숨 쉬기 힘든 아픔이 있다는 걸 알아주시고, 내가 가거든 나를 기억하지 말아 주십시오. 내가 왔던 곳으로 돌아간 것이니 언제든 당신이 부르면 다시 달려올, 나는 당신의 바람입니다.

파 라고 하면 키가 크면서 굵은 파와 쪽파와 실파 세 가지로 요약할 수 있는데 요리로 쓰이는 방법이 서로 다릅니다. 우리는 키가 크면서 굵은 파를 대파라 부르며 대파는 우리 몸의 여러 기능을 조절하는 비타민과 칼슘과 염분 등이 많으면서 강한 향이 있어 시원한 국물을 만드는 역할을 도맡아 하며 익으면 달콤한 맛을 내면서 자기만의 모습을 잘 보여 준답니다.

또한 키가 크다 보니 70~90cm 정도까지 자라며 하얀 수염 같은 뿌리는 땅속으로 퍼져 내려가며 하늘을 향하여 우뚝 솟는 줄기와 잎을 지탱하고 있습니다. 처음 나온 줄기가 겉껍질이 되어 본줄기를 잘 감싸주면서 감싸주고 있는 15~20cm 정도를 밑동이라 부르며 밑동은 하얘며 그 위의 이파리는 진한 초록색 빛을 띱니다. 하나의 겉껍질에 감싸인 줄기는 두 개이며 하나의 겉껍질은 엄지손가락 굵기만큼 커나가며 두 줄기에서 5~6개의 잎이 자란답니다. 밑동과 잎은 동그란 모양으로 잎은 속이 비어 있으며 끝은 뾰족합니다.

약력 2016년 『한국수필』 등단. 『주택건설실무편람』 수필집 『삶의 찬가』 외 다수.
junghong52@naver.com

초여름이 되면 잎끝마다 하얀 덩어리 꽃이 만들어지며 하얀 꽃의 총포總苞 속에는 뾰족한 씨앗들이 모여 있다가 영글어지면 동그래지며 총포가 터져 씨앗이 흩어집니다.

대파는 추운 지방에서 자라는 여러해살이 식물이라 매섭도록 싸늘한 추위에도 노란 싹이 올라온다고 하며 밭에는 겨울이 지날 무렵 언 땅이 풀릴 때 파종을 합니다. 우거진 숲속을 따라 여러해살이식물들이 모여서 자라며 고사리밭도, 산마늘밭도, 들쭉밭도, 산파밭도 많이 있고 들쭉은 블루베리를 말하며 산파는 대파를 말하지요.

대파의 시원한 맛은 매섭도록 춥고도 추운 엄동설한을 견디어 내며 오랫동안 차가운 바람과 눈과 어름이 몸에 배어서일까요. 날것으로 먹으면 톡 쏘는 독기와 고약한 냄새를 내뿜기도 하고 잘 익히면 달콤한 맛으로 감동을 주면서 대파가 들어간 국물은 시원한 맛을 오랫동안 가슴에 남겨 주기도 합니다. 또한 그 성질은 세상을 살아가는 사람들의 마음 같기도 합니다.

본능의 그늘과 빛

조재은

본능이 이성으로 감춰지지 않고 그대로 나타나는 곳. 장애우 학교다.

자원봉사자인 나는 교사를 도와 그날 교재인 나뭇잎을 나누어 준다. 교사는 아이들에게 초록 잎을 가리키며 무슨 색이냐고 묻는다. 앞에 앉은 아이가 "초록, 초록" 큰소리로 자랑스럽게 반복하며 교사 말을 가로막는다. 한 아이가 책상에 놓인 잎을 찢기 시작한다. 자기 것을 다 찢고 옆에 아이 나뭇잎을 빼앗아 또 찢더니, 갑자기 온종일 말없이 조용히 웃기만 하는 아이를 세차게 밀어 넘어뜨린다. 머리를 부딪쳐 쾅 소리가 난다. 아프면서도 웃는다. 넘어진 아이를 꼭 안아 준다.

약력 1998년 『현대수필』 등단. 수필집 『시선과 울림』 『하늘이 넓은 곳』 『삶, 지금은 상영 중』 『도심 속 오아시스에 가다』 외. 구름카페문학상. cj7752@hanmail.net

침묵 속에 잠긴 아이. '침묵은 성스러운 황무지고, 자기 자신 안에 모든 것을 갖고 있다'고 한다. 이 아이는 눈물과 웃음의 끝이 맞닿아 있는 것을 알고 눈물도 웃음으로 바꾸어 버렸나 보다. 아이를 안고 있는 동안 평온해진다. 어디서도 느껴보지 못한 고요한 휴식이다. 자신을 계속해 드러내는 본능, 찢고 때리는 파괴는 본능의 그늘이다. 반면 침묵과 미소로 위로를 주던 아이의 모습은 본능의 빛이다. 빛은 심연 깊숙이 씨앗처럼 심어져 있다. 본능은 어두운 것으로 생각했다. 그러나 내게 평안을 주던 아이에게서 본능만으로도 다른 사람을 위로 할 수 있다는 것을 알았다. 내 안에 숨겨진 가지가지 본능을 꺼내 본다. 어떻게 하면 빛이 그늘을 비추게 할까. 숙제를 안고 문을 나선다.

가을빛 상념

주진호 ─────

먼 산이 푸름으로 싱싱하던 초목들의 빛이 차츰 바래면서 희미하게 내려앉은 모습에서 가을이 성큼 다가오는 것 같다.

유난히 힘들었던 여름 무더위였지만 가을바람 타고 떠나가니 돌이킬 수 없는 시간의 아쉬움이 뒤따르기도 한다.

나 역시 지난날 맑은 영혼의 뜨거운 열정에 복받쳐 나름대로 푸른 꿈을 소중하게 여기고 이를 꼭 이루어 보려던 지난 세월의 푸른 꿈 역시 이루지 못했지만 그래도 일제로부터 해방과 6·25사변 그리고 여러 번의 사회적 격변기 혼란 속에서도 큰 흠 없는 삶을 이어 왔음에 항상 선조 님과 신의 은총에 깊이 감사를 드린다.

또한 언젠가는 나 역시 빛 바랜 낙엽처럼 바람 타고 미지의 시공을 향해 떠나게 되리라는 기대와 흥분으로 항상 깊은 사색의 영역을 즐기며 순간의 시간을 엮으면서 오늘도 감사의 마음을 잊지 않는다.

하지만 사람마다 자신의 삶에 주어진 소중한 시간을 분수에 맞는 알뜰한 삶으로 살아가기란 쉽지 않은 것 역시 인간의 한계가 아닐까 싶다.

약력 2004년 『지구문학』 등단. essayistjinho@naver.com

그러므로 사람은 우선 내가 무엇을 해야 하겠다는 욕심보다 자신이 무엇이며 무엇을 할 수 있을까 하는 존재의 의미를 알아야 하는 것이 먼저가 아닐까 생각한다. 그리고 맑은 영혼과 힘 있고 건강한 심신으로 자신의 삶을 책임지며 기쁨을 누리도록 항상 우리는 진리와 자유와 사랑과 미적인 성취를 위한 용기와 강한 실천 의지가 필요하다. 또한 선택된 소중한 자신의 시간을 허욕의 꿈속에서 허망하게 낭비하기엔 너무 소중한 우리의 삶이 아닐까 하는 생각에서 더욱 그렇다.

머지않아 가을빛 단풍이 산등성이에 오묘한 빛깔로 치장하게 될 때면 사람들은 삶이라는 현실에서 소진된 영혼이 빈 곳간을 채우려고 발길을 재촉하며 또 한 번 바람을 일으키겠지.

　　　　해가 서산에 저물어 보이지 않는다. 다만 빛의 흔적만 사위를 어슴푸레 감싸고 있다. 7월의 마른장마가 지속되는 후덥지근한 삼복 중, 어쩌다 마주하는 이 박무薄霧의 시간을 나는 좋아한다. 밝음에서 어둠으로 넘어가는 찰나, 어스름의 알 수 없는 슬픔으로 촉촉한, 알 수 없는 고독으로 깊어가는 가슴 울리는 잠깐의 시간이다.

　　오늘은 수묵화의 농담濃淡을 풀어 놓은 듯 자욱한 안개마저 시야를 흐리게 한다. 깊은 미혹의 늪이 되어 유혹하고 있다. 조금씩 감추어지는 북한산과 그 아래 즐비한 창문들의 아파트 건물이 안개의 농무農舞로 사라졌다 나타나고 사라졌다 나타난다.

　　사물이 시야에 비춰진다는 것은 사물이 바라보는 시선과 화합하는 아름다운 소통이다. 마치 내가 너를 맞이하듯이, 네가 나를 맞이하듯이 꽃잎의 어여쁨 같은 아름다운 만남인 것이다. 내력을 모르던 너의 겉모습을 알게 되고, 너의 속마음을 짚어낼 수 있다는 화애和靄의 몸짓이다.

　　적어도 안개와 같은 사물의 실체를 저해하는 장해물이 존재하지 않는 한 세상 속에 놓여진 수많은 대상들과 눈을 마주하는 기쁨일 것

약력 1983년 『월간문학』 신인상(수필), 『시문학』(시) 신인문학상 당선. 한국문인협회 수필분과 회장. 계간 『문파』 발행인 .

이다. 어떤 신비스런 대상이 눈동자에 스며들 때는, 환히 밝아 오는 달빛과 같이 의식은 조용한 파문으로 술렁이기 시작한다. 하지만, 안개는 자신의 젖은 속살을 연기처럼 풀어 세상 속에 빛나는 그림들을 하나 하나 감추고 만다.

밝음에서 어둠으로 넘어가는 순간, 어둠은 갑자기 품에 끌어안고 있던 잡다한 형상들을 풀어내듯 홀가분하게 스스로의 모습조차 감추고 만다. 자욱한 안개가 빛으로 품어 안았던 세상 속 물체들을 감추고 있듯이-. 가끔 염려할 때가 있다. 불현듯 꿈틀거리고 있는 알 수 없는 욕심의 덩이를 발견할 때가 있는데 순간 '---다워야 한다'는 성숙한 사람으로의 질서와 도리에 대한 가치를 생각하게 된다는 것이다.

인간 원형의 본능적 자유를 겹겹 안개의 휘장으로 감추고 있는 건 무엇일까? 라는 의구심이 인다. 큰 소리로 화를 내기도 하고, 가슴속 숨은 이야기를 거침없이 쏟아 놓기도 하는 다듬어지지 않은 모난 그대로의 표현이 그리울 때가 있다. 안개의 깊이는 앞이 보이지 않는 어둠이다. 온갖 모순된 삶의 경험으로 녹슬어 진실을 허무는 늪이 아닌가 싶을 때가 있다.

우리 집 계단 한구석에는 자전거 한 대가 덩그렇게 서 있다. 제 주인이 멀리 떠났다는 게 믿기지 않은 듯 더 기다려 보겠다는 모양이다. 앞바구니에 담겨 있는 햇볕가리개 용 뚜껑 없는 모자도 매한가지다. 늘 주인의 얼굴에 햇볕을 가려주며 나들이를 하던 게 그리운 양 머리를 숙인 채로다. 금방이라도 페달을 밟아주면 신바람이 나서 동네를 벗어나 서호천 길을 신나게 달리고, 이어서 만석공원 둘레길을 시원하게 가르면서 호스피스병원으로 들어가자는 것 같다.

아내가 생전에 줄곧 탔던 자전거를 아직은 그대로 두고 있다. 가끔 "여보, 바퀴에 바람이 빠진 것 같아요, 살펴봐 주세요."라고 하던 말이 방금 하는 말로 들린다. 나는 창고에 있는 에어주입기를 가지고 나와 바람을 넣어주면서 "힘들고 위험한데 꼭 자전거를 타고 다니려는 거요, 이제 그만 타고 버스로 다니세요."라고 한다. 하지만 아내는 버스비도 아끼고 건강에 도움이 된다며 자전거로 30여 분을 달려 호스피스 자원봉사를 나간다. 언젠가는 "다른 이들은 남편들이 승용차로 태워다 주는데 당신은 운전하기를 싫어하시잖아요."라며 서운한 기색이었다.

아내가 더 오래 곁에 있을 줄로 믿었던 게 착각이었다. 다정하게 대

약력 『한국수필』등단. 한국수필 신인상. 『진실의 입』 ckc1074@daum.net

하는 인성의 기술도 부족했고 미덥다는 것에 치우쳐 살갑게 대하지를 못했던 것이 후회막급이다. 이제는 주인 잃은 자전거가 나의 출입을 지켜보는 아내의 분신으로 보인다. 나는 수원 최북단의 외딴 마을에서 목회를 하며 아내와 자전거를 타고 동네와 가까운 파장동 인근에 나들이했었다. 80년대까지는 유일한 교통수단이었지만 이후 승합차가 있음에도 사사롭게 운전하기를 싫어했다. 오로지 자기 할 일에만 충실했던 아내의 자전거가 당분간 그 사람으로 대변될 것 같다.

요즘은 자전거가 근거리 교통수단 이상으로 애용되고 많이 발전하고 있다. 레저용 자전거를 타고 무리를 지어 달리는 이들을 바라보다 마음이 착잡해진다. 아내 또래의 여자들이 끼어있고 나와 비슷한 연배의 부부가 단체에 속해 전국을 유람하는 것을 TV에서 보았다. 아내 생전에 그렇게까지는 못했어도 우리 동네 서호천 갓길이나 만석공원 둘레길 정도는 갈 수 있었지 않느냐는 생각이 왜 인제서야 드는지. 걷잡을 수 없는 회한이 폭포수처럼 쏟아져 든다. 모두가 하나님의 뜻이라는 말로 위로를 해 보지만 아내의 자전거는 여전히 애잔한 채로다.

풋콩은 가족의 생명줄이었다.

나락이 익기 전 감자, 옥수수는 한 끼 식사로 늘 부족했다. 아이들의 왕성한 식욕은 퇴비장에 산같이 쌓인 껍질만 봐도 안다.

추석이 다가오면 부모님은 설익은 콩대를 베어 왔다. 마르지 않은 콩대는 수분이 많아 여덟 명 자식을 둔 부모님 삶처럼 무게가 버겁다. 풋콩을 베어 팔아야만 했다. 콩대는 생가지여서 옮기기도 힘들다. 바지게에 산같이 쌓아 올린 콩 가지를 짊어진 아버지 뒤를 따랐다. 걸음을 옮길 때마다 허청거리는 아버지 발걸음은 지게가 혼자 걸어가는 것 같다. 연보라색 풋콩은 그 맛이 들쩍지근해 송편 속에 넣어 먹으면 맛이 일품이다.

콩잎의 깔끄러운 솜털들이 살갗을 스쳤다. 양팔은 벌겋게 부어올라 따끔거리고 잎을 한 장씩 떼어낸 콩은 꼬투리만 달랑 남는다. 동생과 나는 콩 가지로 장난을 치다 어머니 불호령에 서로 눈만 하얗게 흘긴

약력 2013년 『한국수필』 등단. 공저 『행복의 샘 부엌』 외 다수. muyngsan@hanmail.net

다. 곁가지를 가지런히 접고 꼬투리를 밖을 향해 흔들어주면 동그랗고 풍성한 콩단이 된다. 다시 그것을 위, 아래를 짚으로 단단히 여며주는 어머니였다.

초저녁부터 시작된 작업은 새벽녘에야 끝난다. 몸집보다 큰 풋콩 다발을 머리에 이고 새벽시장을 향해 나서는 어머니다. 야무진 솜씨의 풋콩 다발은 장사꾼이 먼저 알아본다. 서로 물건을 먼저 사려 했고 그때마다 가격대도 올랐다. 졸린 눈을 비비고 어머니를 따라나서면 알사탕이라도 얻어먹으련만 그것도 내 몫이 아니다. 동생에게 잡았던 어머니 손을 내주고 뒤돌아섰다. 어서 집안으로 들어가라는 손짓이 야속키만 하다. 새벽안개 속으로 그 모습이 사라질 때까지 밖을 한없이 바라만 보았다. 오늘은 구멍 난 양말과 헌 운동화를 버릴 수 있을까 생각하면서.

여명이 밝아 오는 새벽이다. 다시는 돌아올 수 없는 그 머나먼 길을 혼자 나서는 그를 나는 차마 보낼 수가 없다. 40년을 그림자처럼 붙어살던 나의 반쪽이 아닌가. 함께했던 시간이 영상처럼 눈앞을 스치고 지나간다. 그도 나처럼 마음이 여려, 외눈박이 물고기처럼 평생을 서로 의지하며 살아왔다. 그가 없는 이 세상을 과연 나 혼자 살아 갈수 있을까. 걱정이 태산이다.

자식들은 아비를 위해서라며 고급 승용차 리무진을 준비해 놓았다. 근검절약이 몸에 밴 그가 이 사실을 안다면 아마도 관 속에서 벌떡 일어날 일이다. 그러나 그게 다 무슨 소용이랴, 부질없는 일인 것을.

처음으로 그와 함께 타보는 리무진! 쾌적한 공간, 편안한 의자에 앉아 장지로 달려가는 느낌은 날개를 달고 천상을 오르는 것 같다. 나도 그를 따라 하늘나라로 가고 싶다. 그러나 그것도 잠시, 낯설다. 완벽한 소외감, 고독, 슬픔, 속수무책으로 그를 혼자 보낼 수밖에 없는 나의 무력감에 가슴만 쥐어짠다.

그는 평생 누구보다도 건강했다. 언제부터인가 게릴라처럼 뼛속까지 침투하는 병마를 느끼지 못해 시한부 선고를 받던 날, "건강하게 약력 1997년 『한국수필』 등단. 한국수필문학상. 『새들이 찾아오는 집』 『호랑이 놀이』 『푸르던 그해 겨울』 bokhee48@naver.com

살다가 늙어서 병들어 죽는 것은 자연의 순리이니 너무 상심하지 마."
라고 태연하게 나를 위로해 주던 그다. 그래도 그의 투지와 나의 정성
이 병마를 물리치는 데 큰 힘이 되길 바랐었는데, 우리의 꿈인 새 보
금자리에서 안락한 삶조차도 누려 보지 못하고 가니, 이 안타까움을
어찌하랴.

그가 영면할 곳은 도심에서 가까운 메모리얼파크 가족 납골당이다.
준비된 네모 상자 안에 유골함을 넣고 비석 하나 얹으면 장례 절차는
끝이다. 내가 제일 먼저 비석 위에 두 손을 얹었다.

"보고 싶은 그대여! 당신은 우리 아들, 딸의 참 좋은 아버지입니다.
나 당신의 아내여서 정말 행복했어요. 고맙습니다. 그곳에서 다시 만
날 때까지 안녕!"

얼마나 시간이 흘러야 이 고통, 이 슬픔이 가실 수 있을까!

8월의 태양은 머리 위에 뜨거운 뙤약볕을 쏟아붓고 땀인지 눈물인
지 온몸을 적신다.

익숙한 멜로디다. 반복하기를 여러 번. 눈을 뜨지도 못한 채 수화기를 들었다. 벌써 8시. 엄마의 호출을 잊은 채 늦잠을 잤다. 이 세상에 제일 무거운 것이 눈꺼풀이라 했던가. 휴일 아침 기상은 늘 힘겹다.

김포에 도착하니 아홉시 삼십 분. 굽은 허리로 엄마는 벌써 총각무를 손질해 놓으셨다. 엄마의 곁에서 시종일관 시중을 드시는 막내 이모는 일의 순서에 따라 손발이 척척 맞는다. 새벽부터 준비하셨음을 짐작하여 죄스러운 마음을 감출 수 없는 딸들에게 끼니를 거르고 온 것을 감지하시고는 아침부터 먹을 것을 재촉하신다.

오늘 총각김치는 또 얼마나 환상적일까? 기대 만발이다. 절은 총각무는 우리의 손길을 기다리듯이 축축 늘어져 붉은 함지 속에 가지런하다. 파를 뽑기 위해 텃밭으로 향했다. 총각무를 뽑은 자리에는 무청이 한 무더기다. 겨울 별미로 재탄생될 시래기다. 줄지어 예쁘게 자란 쪽파를 뽑는 사람, 한쪽에서는 다듬기를 시작했다. 이내 마당 수돗가에선 옹기종기 씻어 담은 파가 소쿠리에 한가득이다. 탁탁 탁탁 다다 다닥다닥 쉴 새 없이 들리는 도마 위의 파 써는 소리 그 곁에 총각무를 가지런히 만져 놓는 둘째, 크기를 다한 큰 총각무를 먹기 좋게 썰어 놓는 막내 이모, 어느새 남편은 고무장갑을 끼고 버무릴 만반의 준비가 되어 있다. 갖가지 양념은 차례를 기다리며 줄지어 있다. 비율이

약력 2014년 『한국수필』 등단. hanaart1@naver.com

절실히 필요함에도 소금의 간도, 썰어 놓은 파도, 다져 놓은 마늘도 모두 엄마의 손저울에 의해서 뿌려진다. 조리법의 정량이 엄마의 손 저울을 따를 수 있을까? 저울도 되고 맛있는 먹거리도 뚝딱 내놓으시는 엄마의 손은 마치 마법 같다. 그 위에 고춧가루가 뿌려지니 녹색의 잎과 어우러져 색깔이 참 곱다. 강렬한 보색의 조화이다.

너나 할 것 없이 맛을 보는 분주한 손놀림과 "맛있다"를 연발하는 식구들의 너스레가 흥겹다. 한 번에 성공이다. 아삭거림으로 긴 겨울 밥상에 놓일 총각김치는 그대로 각자 준비한 통에 담긴다.

큰이모, 작은이모, 막내이모, 딸 넷, 녹색 평상 위에 나란히 놓인 모양과 크기가 다른 각각의 통들은 이젤 위의 그림처럼 아름답다. 그림을 그린 듯 이렇게 아름다울 수 있을까.

오늘 저녁 식탁에는 갓 도려낸 시금치가 고추장과 함께 조물락 조물락 무쳐질 것이고, 새콤달콤한 엄마표 달래간장 무침이 오를 것이다. 가을 냉이는 문을 닫고 먹는다 했던가. 캐는 재미가 쏠쏠한 밭두렁에서 캔 냉이가 싱싱함으로 제법 향이 진하다.

바로 그것

최양자

　　　새가 알을 품듯 가슴으로 정성껏 품어 내놓은 나의 수필집. 소소하지만 진솔한 나만의 삶을 내보이는 것은 소심한 내겐 용기가 필요했고 어려운 일이었다. 책이 나오자 대견해 하며 두 자식에 이은 세 번째 가슴으로 낳은 아이가 되었다. 그 책이 나오던 해가 계획이라도 한 것처럼 졸업 50주년 되는 해였다.

　졸업 후 주로 미국으로 대거 취업 출국했고 몇몇은 유럽으로도 갔다. 학교에서는 연례행사로 국내외 거주 동문들을 초대하는 행사가 있었다. 5년도 아니고 25년도 아니고 반세기 만에 친구들을 보게 되다니 얼마나 어떻게 변했을까 가벼운 흥분이 일었다. 그 일을 계기로 카톡 방이 꾸려지고 친구들 얼굴이 보이자 "누구?" 하며 내 눈을 의심했다. 머리는 희끗희끗하고 안고 있는 아이는 손녀인 듯한데 살아 있는 서양 인형이었다. 당황스러웠다.

약력 2011년 『한국수필』 2012년 『에세이문학』 등단. 수필집 『나의 발이여 나의 날개여』
cyja44@naver.com

개교기념일에 맞추어 국내 6명, 해외 6명 열두 명이 만났다. 우리는 5월의 녹색 초원으로 2박 3일 제주도 여행을 했다. 푸른 하늘과 우리들의 머리를 제 맘껏 흩어 버리는 제주의 바람을 맞으며 먹고 떠드는 사이 땅속으로 잦아든 봄비처럼 어색함은 어느새 사라졌다.

나는 가슴으로 낳은 자식 같은 수필집을 선물했다. 반응이 너무 조용했다.

서점 앞 『넛지』가 보여 "아직 못 읽었는데 살까." 물으니 한 친구는 "한글판 읽기는 이해가 안 돼서." 했다.

학교 캠퍼스도 50년 전 그 모습이 아니었다. 50년은 짧고 긴 세월이었다.

바로 그것이었다.

최원현

별이 쏟아진다 쏟아져 내리고 있다 소리도 없이. 눈이 내린다 한 발짝도 앞으로 나아가기가 힘들다 그러나 나아가야만 한다. 맨발인 채 햇볕에 어루만짐을 받으며 웃고 있는 아주머니 그 옆에서 뭐가 그리 좋은지 이를 드러내고 웃으며 어디론가 눈길을 주고 있는 또 한 아주머니 그 옆의 닭 한 마리도 무언가를 찾고 있다.

자연과 일상, 일상과 자연이 저마다의 경계를 허물고 어우러진 모습이 평화롭고 아름답다. 히말라야 설산을 배경으로 예닐곱 살 되어 보이는 자매의 천진한 웃음과 무릎에 두 돌도 못 되어 보이는 남자 아이를 앉힌 서른도 안 되어 보이는 세 아이 엄마의 미소에는 세상의 어떤 근심도 불안도 두려움도 없다.

해발 8,000m가 넘는 히말라야 14좌 봉우리와 그곳을 찾아가는 여정의 사진전 앞에 선다. 신의 영역과 사람의 영역이 자연스레 구분되어지는 곳에서 작가는 그 영원한 찰나를 사진으로 기록한다.

눈으로 보는 것이 아니다. 마음으로 본다. 감격으로 숨을 쉴 수도 없어 심장이 너무 빨리 뛰어 멈춰 버릴 것 같은 절박한 순간에도 그 가쁜 숨을 몰아쉬며 나아가는 한 걸음 또 한 걸음 속에서 비로소 신의

약력 한국수필문학상, 동포문학상대상, 현대수필문학상, 구름카페문학상, 조연현문학상, 신곡문학상대상 외, 수필집 『날마다 좋은 날』 등 19권. nulsaem@hanmail.net

땅에서 허락받는 발바닥만큼의 인간의 땅. 이곳에서 시간은 쌓이지도 흐르지도 않는단다. 찰나의 순간에 신이 허락한 것만이 존재하는 곳, 나도 그 순간의 감격에 빠져든다.

카메라 앵글 안으로 들어와 준 한 광경, 숨을 쉬면 날아가 버릴 것 같아 숨조차 쉴 수 없는 순간 속의 모습, 잠재된 온 촉각이 하나로 모아져 손가락에 모이고 드디어 숨을 멈춘 채 아주 아주 조심스럽게 셔터를 누르면 거기 들어와 앉는 한 모습, 살아 있음으로 느껴지는 것이 아니다.

작가는 감히, 산과 내가 한 존재로 느껴지는 바로 그때, '감히' 사진 한 장 찍곤 다시 걷는단다. 나는 그 '감히' 속에 엉엉 울고 만다. 한 호흡과 한 걸음 속에 2천억인지 4천억인지도 모를 많은 별들이 은하로 모여 어둠을 밝히는 순간 빙하氷河에는 별星이 눈雪 되어 내리고 눈雪이 별星 되어 흐른다는데, 나는 그의 사진 앞에서 감히 그의 걸음을 마음을 호흡을 손끝을 그리고 영혼까지 훔친다. 내 삶 속에서도 분명 이런 감동의 순간이 있었을 텐데 모두 지나치고 만 나, 그러나 사진을 보는 것만으로도 감히 감동한다. 부끄럽게도 감히.

고흥으로 문학기행을 갔다. 오천항 포구에 이르자 후배 영덕이 "어부의 아내가 되어 한 달간 이곳에서 살고 싶다"고 했단다. 그 말을 전해 듣고 영덕에게 "내게 사흘만 빌려줄 수 있겠느냐."했다. 그는 사흘 아니라 열흘도 빌려 드릴 테니 어서 쓰라고 쾌히 승낙했다.

어느 날, 진도 세방에서 낙조를 보는데 황혼 속에 지고 있는 저 태양의 모습이 산수傘壽를 한두 해 앞둔 내 모습이지 않은가. 태양은 수평선 위에 아직 닿지 않았다. 그러나 이미 낮게 내려와 있었다. 태양도 오래 머물고 싶은지 노을 속으로 들어갔다 나온다. 저 큰 덩어리, 눈부시어 볼 수 없었던 해, 그 해가 지금은 편안하게 뚜렷하게 제 모습을 보여준다. 마음을 내려놓았나 보다.

약력　1989년 『한국수필』 등단. 광주문학상, 한국수필문학상. 『황금연못』, 『황금언덕』

　사흘 빌려 어부와 어울리고 싶은 마음이면 아직도 황혼을 불태울 수 있겠구나.

　해는 모든 것을 품고 어둠 속으로 들어갔다. 어둠은 별을 몰고 와 빛나겠지, 나는 또 별밭에서 뒹굴 거다.

찰나의 순간에 신이 허락한 것만이
존재하는 곳, 나도 그 순간의 감격에
빠져든다. 작가는 감히, 산과 내가 한
존재로 느껴지는 바로 그때, '감히'
사진 한 장 찍곤 다시 걷는단다. 나는
그 '감히' 속에 엉엉 울고 만다.

- 최원현 「감히」 중에서

가정생활은 연출에 의해 단조로움에서 벗어날 수 있고 가족 간의 화목과 사랑도 더욱 돈독하게 할 수 있다. 연출은 여러 형태로 가능하다.

나의 팬클럽이 만들어진 지 20여 년이 되는 듯하다. 팬클럽 결성일은 정확지 않으나 나의 팬클럽에 대한 말이 나온 것만은 분명하다. 연예인도 아닌 대학교수의 팬클럽은 매우 이례적이다. 나의 팬클럽이 하는 일은 주로 내게 교수 사회나 대학에 대한 정보를 전해주고 강의에 입고 갈 의상, 와이셔츠 그리고 넥타이를 코디해 주는 것이다. 한편 나는 팬클럽 회원들에게 가끔 회식 자리를 마련해 주거나 함께 여행하는 기회를 만들어 준다. 팬클럽이 내게 해주는 의상 코디는 단순치만은 않았다. 넥타이 고르는 데에 어려움이 있었기 때문이다.

20여 년 전으로 기억된다. 내가 학과장을 맡고 있을 때였다. 내 강의를 수강했던 한 여학생이 연구실로 찾아왔다. 그 여학생은 교수님 덕분에 장학금을 받아 감사하다며 넥타이를 탁자 위에 놓았다. 나는 본인이 공부를 잘하여 장학금을 받은 것이지 나 때문에 받은 것은 아니라며 넥타이는 아버지께 선물하라고 돌려주었다. 그러나 그 여학생은, 어머니와 함께 하루 종일 백화점을 돌아다니며 교수님께 잘 어울리는 넥타이를 고른 것이라며 다시 내게 주었다. 그리고 내 강의 시간에 그 넥타이를 하고 강의를 하여 달라고 부탁까지 하였다. 그 이후,

약력　『한국수필』수필, 『생활문학』시 신인상 수상 등단. wkmfam@naver.com

나는 그 넥타이를 하고 수업을 하겠다는 약속을 한 바는 없지만 그 여학생이 들어오는 수업 시간이면 그것을 의식하지 않을 수 없었다. 어떤 날은 양복과 와이셔츠를 입고 넥타이까지 했다가도 그 여학생이 수강하는 수업 시간임을 뒤늦게 깨닫고 그 넥타이를 찾아내어 그에 맞춰 와이셔츠와 양복을 갈아입기도 하였다. 그러한 수업 시간이 한, 두 번이 아니고 한, 두 학기가 계속되며 나는 은근히 스트레스를 받기도 하였다. 또한 그 여학생을 기억하여 나에게 코디를 하여주는 팬클럽에 미안하여 선물 한번 잘못 받았다가 큰 봉변당한다고 하니 재미있지 않느냐며 대수롭지 않다는 표정이었다. 그리고 아무 불평 없이 그 날짜를 기억하며 그 넥타이를 골라내어 그에 맞추어 와이셔츠와 양복을 코디하여 주었다.

　나의 팬클럽은 간간이 회원 관리를 잘 해야 한다며 나를 압박하기도 하였다. 나와 함께 하는 여행도 국내 여행에 만족치 않고 해외여행까지 요구하여 팬클럽 관리 비용으로 적지 않은 목돈을 지출하기도 하였다. 학생 때 가입했던 두 딸은 어느덧 사회인이 되었고 나도 정년퇴직을 하였다. 두 딸은 언제부터인지 팬클럽을 탈퇴하여 집사람만 혼자 남게 되었다. 처음에 집사람 혼자 시작하였으니 원점으로 돌아간 셈이다.

개구리가 던진 말

최종 ─────

　　그만 홀로 집을 나선다. 천천히 걸을 테니 뒤따라오라고 말했지만, 아내는 듣는 둥 마는 둥 계속 꾸물댔다. 산책하는 데 무슨 치장을 하는지 옷을 두 번째 바꿔 입으면서…. 공원 숲길을 걷다가 뒤돌아본다. 아내는 보이지 않는다. 느리게 걷는다 해도 습관처럼 걸음이 빨랐나 보다. 벌써 숲길을 빠져나간다. 좀 기다려줄 걸 그랬나, 벤치에 앉아 잠깐 쉰다. 3m 앞에 어린이 주먹만 한 개구리 한 마리가 앉아 있다. 나를 봤는지 못 보았는지 미동도 않는다.

　개구리는 외양이 너무 싫다. 울퉁불퉁한 표피에는 칙칙한 점액이 흐르고 있다. 역겹다. 위아래로 눈꺼풀이 있는 두 눈은 툭 튀어나왔다. 삼각형 머리를 처들고 45도 각도로 앉은 모습은 영락없는 포대砲臺 모형이다. 조금도 움직이지 않고 언제까지 저렇게 먼 곳을 바라보고 있을까. 하루살이라도 나타나기를 기다리고 있겠지. 앞에서 날기만 하면 긴 혀를 쭉 내밀어 낚아채 꿀꺽 삼켜버릴 게다. 이미 그렇게 몇 마리 잡아먹고 다시 포대 위치로 돌아왔는지 모른다. 아무 일도 없었다는 듯 시치미를 뗀 모습이 음흉하게 보인다.

약력

2016년 「월간문학」 등단. cteng31@hanmail.net

개구리 합창은 교향곡이 절정에 이르는 부분이다. 매미 합창은 높은 소리의 정점에서 미세한 진동도 없이 한 음정으로만 지속되는 것 같다. 개구리 합창은 높고 낮음이 분명하면서도 계속되는 음계가 수만 개의 음파를 일으키는 것처럼 들린다. 매미 합창에 귀를 기울이면 온몸이 꼭꼭 조여지는 느낌이 든다. 개구리 합창을 들으면 몸의 모든 조직이 풀어진 듯 머리와 가슴을 에워싼 세포가 춤추며 움직인다. 개구리 합창을 좋아한다. 합창이 아닌 개구리 한 마리의 울음소리는 전혀 다르다. 무디고 투박한 소리는 살찐 오리가 빡빡거리는 조음噪音이다. 몹시 신경을 거스른다.

벤치에서 일어난다. 다시 걷기를 시작하자 개구리가 힘껏 솟구쳐 멀리 뛰어간다. 오줌을 찍 갈기면서 말을 던진다. "아내랑 함께 산책도 못 하는 주제에, 홀로 걷는 몰골로 무슨 합창을 말하느냐?"

당항포에서 만난 여인

경남 고성에 있는 당항포관광지로 갔다. 그곳에는 많은 공룡 모형의 조형물들이 있어 이곳이 공룡의 고장임을 실감할 수 있었다.

관광지 뒤쪽의 낮은 언덕을 따라 올라가면 충무공당항포대첩기념탑과 당항포해전관이 있다. 당항포해전관으로 갔다. 해전관으로 올라가는 계단 중간쯤에 이순신 장군과 한복을 입고 있는 여인의 사진이 함께 세워져 있다. '저 여인은 이순신 장군과 무슨 인연이 있을까?' 궁금한 생각이 들어 해전관 안으로 들어갔다. 그곳에는 당항포 해전의 전략과 기술, 해전 장면, 기생 월이의 설화 등을 영상물로 소개하고 있었다.

이순신 장군은 1, 2차 당항포 해전에서 왜선 57척을 격파시키는 큰 전공을 세웠다. 여기서 2차 당항포 해전과 관련이 있는 한 여인을 만날 수 있었다. 그 여인은 이곳 고성 지방에서 설화로 내려오는 월이란 이름의 기생이다.

임진왜란이 일어나기 전부터 왜군은 밀정을 보내 조선의 지형을 미리 정탐한 후 지도를 그리고 있었다. 그러던 어느 날 밀정이 고성에

약력 | 1991년 『수필문학』 등단, 대전문학상, 수필춘추문학상, 한국수필학상, jhc300@hanmail.net

있는 무기정舞妓亭이란 술집에 묵으면서 월이의 술 접대를 받았다. 밀정이 술에 취해 쓰러졌고 월이는 그의 가슴 속에서 우연히 비단보를 발견하게 되었다. 그 비단보 속에는 조선을 침략할 전술과 해로海路 공략도 및 육로陸路의 도주로까지 그려져 있는 것이 아닌가. 그가 왜군의 밀정임을 알게 된 월이는 떨리는 가슴을 진정시킨 후 붓을 꺼내 몰래 지도를 고쳐 놓았다. 당항포 주변의 육지에 해로를 그려 넣어 동해면과 거류면을 섬으로 바꾸어 놓은 후 밀정의 가슴에 넣었다.

그 후 몇 년이 지나 월이가 그려 넣은 지도를 가지고 조선을 침략한 왜군은 당항포에서 조선 수군과 전투를 벌였다. 왜군은 이순신 장군이 펼쳐 놓은 학익진에 밀려 월이가 그려 넣은 해로海路를 찾아 도주하려 했으나, 지도에 표기된 해로를 찾을 수 없었다. 퇴로가 막힌 왜군은 결국 이순신 장군이 이끄는 조선 수군에 의해 격멸되고 말았다.

그녀는 당항포 해전을 승리로 이끄는 데 한몫을 한 조선의 숨겨진 군사였다. 그래서 당항포해전관 입구에 이순신 장군과 함께 있었나 보다.

여기는 비가 와.

앞산 봉우리 단풍 들었는데 안개에 싸여 보이지 않고 기슭으로 내려오면서 단풍 들고 있어.

정자 느티나무도 노랗게 물들었지.

텃밭 김장배추와 무도 많이 자랐고.

감도 익었어. 많이도 달렸지. 마당 끝에 있는 감나무가 휘어서 주먹만 한 감이 담 위로 닿을 것 같아.

아기 바람이 부나 봐.

감잎 하나가 떨어져 날다가 장독대에 앉았어.

대추도 많이 열렸지. 나무가 하도 커서 위에는 안 땄거든.

잎은 다 지고 물 먹은 대추가 꼭대기에서 대롱대롱 매달려 있어.

약력 2010년 『한국수필』 신인상 등단. 수필집 『참 잘했다』 포토에세이집 『길』(공저). 제2회 한국수필 작가회 문학상. choik003@hanmail.net

국화?

마당 수돗가에 있는 거 말이지?

활짝 피었지.

바람에 흔들리는 노란 꽃물결이 아주, 아주 예뻐.

물 먹으니까 생기 돌아 꽃물 맺히고

어느새 비가 그쳤네.

무지개 뜨려나.

엄마의 휴대폰으로 들려오는 고향 집 창밖 풍경.

　　　　수업 시간에 손님이 찾아왔다. 연구실에서 조금만 기다리
면 될 텐데, 나는 마음이 편하지 않았다. 수업을 받는 학생들 생각을
좀 해주었으면 좋을 것이 아닌가 하는 생각 때문이었다. 아무리 바빠
도 한 시간 남짓 기다릴 수가 없단 말인가 하는 아쉬운 마음이, 머리
를 떠나지 않고 있었다.

　그런데, 그녀는 나를 보자마자 한술 더 떠서, "되었습니다. 선생님을
뵈었으면 되었지요, 늘 건강하십시오."하고 불과 얼굴을 내민 지 채 1
분도 안 되어 일어서는 것이 아닌가. 그녀의 아버지는 경주에서 우체
국장을 했으며, 자기는 안압지나, 김유신 장군묘, 반월성 등지에서 나
를 자주 보았다고 했다. "이렇게 만나 보기 위해 적잖은 세월이 흘렀
으니 말입니다. 말 한 마디를 전하기 위해 너무 오래 기다린 셈이죠.
이젠 정말 편안하네요."하고 웃으면서 그녀는 떠났다.

　지금 이 글을 쓰면서 생각해 보아도 실감이 나지 않는다. 꿈을 꾼
것일까. 단 1분도 안 된 만남이라니, 소설 같은 이야기가 아닌가. 그러
나 그녀는 나에게 이처럼 글 한 편 쓸 수 있는 빌미를 주지 않았는가.

　충남의 햇님쉼터 한의원장 이기운 선생은 '사람을 사랑하는 마음
으로 병을 고친다. 사랑 아닌 화가 나는 마음으로 환자에게 가까이 가
면, 기맥이 흩어져 버린다.'고 하지 않는가. 이렇게 흩어진 기맥이 에
너지 센터인 꼬리뼈 쪽으로 모아질 뿐이라고 했다.

그렇다. 문제는 사랑이다. 사랑은 곧 자기희생을 전제로 하는 정신이 아니겠는가. 1950년 한국전쟁이 일어났을 때, 마오쩌둥 중국 국가주석은 28세의 장남 마오안잉을 참전시켰다. 아들은 참전한 지 한 달만에 전사했다. 그는 아들의 시신을 본국으로 가져가지 않았다. 마오쩌둥은 아들보다 더 나라를 사랑했던 셈이 아닌가.

그래서 인간의 삶은 바로 의미 만들기가 된다. 인간이 고통인 것은 의미의 실험이라고 했다. 늘 내가 옳다고 생각하기 때문에 화가 난다는 것이다. 자신에게 화를 내면 결국 내가 옳다고 하면서 그 피해를 내가 입는 꼴이 된다. 화는 바로 독이 아니겠는가.

이렇게 생각해 보면, 사람만큼 어리석은 동물도 없지 않을까, 하고 새삼 자신을 돌이켜 보게 된다. 사람이 종교에 귀의하게 되는 것도 이와 같은 이유일 것이다. 잘 알다시피 꿀벌이 한 숟가락의 꿀을 모으는데, 무려 2백 번씩 꽃을 찾아다녀야 한다고 했다. 음악가 하이든은 평생 8백 개의 작품을 만들었는데, 작품다운 작품은 66세에 작곡한 〈천지창조〉하나뿐이라고 한다. 그 하나를 만들기 위해 8백 개의 습작을 한 셈이다.

내가 만나는 사람 중에 실버타운에서 생활하는 분이 계시다.

창 너머에 영종도 바다가 보인다. 잠시 콘도에 온 기분이 들었지만 인적이 없어 고요하고 적막하다.

우리는 그분과 같은 학교에서 가까이 지낸 인연으로 지금까지 만난다. 8월엔 여기에서 모여 공연을 하기로 했다. 복지와 생활, 의료서비스가 잘 되어 있는 곳인데도 시스템이 잘 활용되지 않는다고 간호사가 귀띔한다.

김포에서 교육박물관을 운영하는 이 관장은 시각 장애를 가지고 있으면서 세 시간 동안 공연을 웃음 속으로 이끌었다. 가지고 온 큰북과 작은북, 찰찰이, 칭칭이, 짝짝이를 어르신들에게 나눠 드리고 신세대가 된 듯 재롱을 부렸다. 올챙이란 노래를 부를 때는 일어나서 팔다리 운동을 하면서 익히게 했다. 잠시 얼굴에 웃음기가 돌기 시작한다. 몇 분은 소녀처럼 활짝 웃으며 잘 따라 하지만 다른 분들은 멀뚱멀뚱 초점 흐린 눈으로 표정 없이 박수만 치신다. 생동감을 상실한 노인들의 모습에서 그들이 감내했던 평생이, 또 그들이 살았던 시대가 조용히 떠오른다. 삶의 의욕을 잃었거나 체념한 사람에게서 느껴지는 무표정이라 할까, 어두운 얼굴에서 헤어나질 못하신다. 허리띠 졸라매며 가족을 위해 앞만 보고 달리다가 어느 날 문득 혼자라는 생각이 들때는 늙고 병들어 무력감과 우울감에 시달리기 일쑤다. 무정하고 이

약력 | 2000년 『수필춘추』 『시조생활』 등단. 수필춘추 문학상. 공로상. 수필집 『아름다운 광기』 시조집 (공저) 『韻과 律의 합창』 외.

기적으로 급격하게 변해가는 요즘 세태를 감당하기도 힘들게 된다. 멍하니 앉아계신 어른들의 모습 위로 내 모습이 잠시 스쳐 지나간다.

선생님은 우리와 연령차가 많으신 데도 활력이 넘치신다. 실버타운이 생긴 이래 처음 이렇게 많이 웃었단다. 웃고 싶은 건 인간의 본능이다. 한참 웃고 났더니 활력이 생긴다고 하신다. 특정한 감정 표현을 흉내 내면 대뇌와 신체가 거기에 따라 반응한다고 한다. 웃는 행동을 함으로써 감정 중추가 조절된다는 것이다. 웃는 시늉이라도 하면 엔돌핀이 분비되고 사람을 긍정적으로 만든다. 그게 건강을 지키는 비결이기도 하다.

주위를 둘러보면 자식 때문에 섭섭해하는 어른들이 늘고 있다. 수명은 길어져만 가는 세상에서 젊어서 할 만큼 했으니 자식의 대접을 받아야 한다며 손 놓고 기다리던 시대는 이제 지났다. 내가 감내했던 평생, 내가 살았던 시대를 뛰어넘어 생동감을 상실한 노인의 모습에서 스스로 벗어나는 연습이 필요하다. 인생의 노을을 웃음으로 품을 수 있길 바라며 내 웃음의 회로에 미소를 보낸다. 희끗한 머리 위로 영종도의 저녁놀이 피어오른다.

       부잣집 철부지 여자아이는 열일곱 살에 공산당에 쫓겨 혼자 임진강을 건너 서울로 와 목숨은 부지했지만 부모가 그리워 해가 잦아드는 시간이면 베개를 푹 적시며 잠이 들어 채워지지 않는 그리움으로 목말라 했다. 또한 누구도 마음에 들이지 못하던 중 원하지 않는 결혼으로 내몰려 원하지 않는 임신이 되어 딸을 낳았으나 정이 붙지 않아 자신을 받아들이지 않았다.

    시집 식구들에 대한 분풀이와 자신의 긍지를 세워줄 의무를 딸에게 지우고 사사건건 애증의 출렁다리를 오갔다. 딸애는 마음 줄 곳이 없어 설 자리를 찾지 못해 엉거주춤하고 귀염성이 없는 애어른으로 태어난 듯 어린 나이부터 말은 않고 생각만 키우고 있었다.

    가을비 추적거리는 외딴 오솔길을 어깨가 처져 걷는 형상으로 살며 내면으로 잦아든 시선은 경주마의 눈가리개 마냥 시야의 폭을 한

약력
2011년 『현대수필』 등단. thoth52@naver.com

없이 좁혀 양상은 다르지만 어미처럼 원하지 않는 결혼을 하고 말았다. 마음이 움츠러든 각시에 다급해진 신랑은 휘어잡으려 갖은 애를 쓰지만 그 방법이 거칠어 각시 마음을 사는 데에는 아무런 소용이 없었다. 결국 여자는 속에서부터 치받치는 겁에 질려서 떨리는 가는 손목을 비틀어 빼고 맨발로 도망을 치는 것으로 일단락을 지으려 했다. 이 꼬리에 꼬리를 무는 불행을 자초하는 연결 고리를 필시 끊으리라 다짐하고 모가지 조이는 칼을 스스로 벗고 그 아픔을 자식에게는 넘기지 않으려고 노력했다. 누굴 탓하지도 누구에게 악쓰지도 않으며 자기절제를 큰 미덕으로 알고 자신을 갈고닦는 일에 전념했다. 복이 있다면 다시 태어나지 않는 것이 나을 듯싶은 마음이었으나 과연 고리가 끊길 수 있는 것인지는 알 수가 없다.

　　　　관광버스가 무지막지하게 쏟아 놓은 風流客틈에 비집고
서서 신발 끈을 동여매면서 홍류동 계곡을 耽溺하고파 진다.

　　지팡이 사는 것이 어려울 리 없고, 지금도 입장권 매표소 매장 진열
대 상단에 화려하게 걸려 있는 접이식 지팡이를 구입해도 되련만 난
결코 구매할 수가 없을 것이다.

　　명아주대로 만든 이 지팡이는 흰빛인 까닭에 시각 障碍患友로 誤解
받기도 하여 접이식 지팡이를 구입하라는 勸誘도 있고 하여, 흐르는
계곡물에 내 마음을 씻어 보고 微賤한 행동거지를 닦아도 보았지만
나의 모자람은 바닷물을 마신 것처럼 오히려 죄책감만 더하여 왔다.

　　汚水가 地漿水로 변화하면 사바세계를 정화하는 得道의 표본이라
고 說法을 하곤 하지만, '하늘을 우러러 한 점 부끄럼 없기를' 노래한
詩人의 付託도 멀리하며 살아온 얼룩들이 부끄럽고, 행여 이 못난 늙
은이의 발걸음을 '조상의 발자취'라는 말로 아름답게 包裝하여 후손
들이 노래할까? 하는 두려움이 掩襲(음습)해오는 생각들이 죽은 소
나무 뿌리의 琥珀처럼 굳어져 아예 가슴에 옹이로 박혀있어 삿갓이

약력 2013년 『한맥문학』 등단. 2013년 매일신문사 주체 한글 백일장 대상. hans2060@naver.com

라도 쓰고 싶은데 접이식 지팡이가 可當하겠는가?

神仙을 만날까 기대하다가 해인사 발치의 홍류동 계곡을 오르면서 Walking stick을 사용하는 등산객을 만나서 물 한 모금을 나누며 고은 최치원이 노래한 聾山亭에 올라 본다.

어머님 가슴처럼 닳고 닳아진 지팡이 끝을 미끄러지지도 않도록 플라스틱 재질의 징이 박혔고, 손잡이는 소가죽으로 감싸져 있다.

지팡이는 지도자의 象徵이기에 부모님이 계신 사람은 日常은 사용하지 않으며, 설령 患者라도 부모님 앞에서는 이용함을 삼가는 것이 孝道라 했다.

天崩을 당하여 슬플 때도, 부모님을 하늘처럼 받든다는 極 尊敬의 表示로 둥근 모양인 대나무 지팡이를 사용하며, 특히 마디가 안팎에다 보이니 슬픔이 안과 바깥으로 사무침을 표함이라 하였으니, 아버지의 아버님께 대물림 받은 명아주 지팡이를 버리고 다시 살 수 없다.

1998년 봄 한국수필작가회 제12호 수필집 『아무것도 가진 게 없어 우린 행복하다』를 출간하여 한 달 만에 4판이 팔리는 기록을 냈다. 우리가 한국수필작가회로 고료를 받으며 어깨 펴고 출판기념회를 한 것이 처음이자 마지막이었기에 더욱 큰 기쁨과 감회로 남았다.

이것은 창립 10년의 연륜과 고진감래한 그 결실이었다. 하나 어느덧 20년 세월이 흘러 21세기를 맞고 보니, 일제 언어 탄압의 잔해들과 서방 외래 문화의 세찬 시대 바람에 밀려온 우리 토종 언어들이 슬며시 사라져 가고 있지 않았나, 싶다. 한국의 본향 모국어를 잊고 관념에 때 묻지 않은 새 언어 추구에만 급급해 온 게 기인이라면 바로 나부터 문제다. 어제 열쇠를 찾다가 집에 전화했을 때, "거기 둔 빽에 키 있나 봐라." 하지 않았는가. '가방'이 '빽'으로, '열쇠'가 '키'로 오염된 내 혀의 변질 상태가 심각하다. 어쩌다 외래어 범람이 나의 무의식 속으로 침투되어 우리 언어를 좀먹게 하다니, 부끄럽다. 결국 한국 토종

약력 | 1982년 『한국수필』 수필, 2008년 『한국문인』 평론 등단. 『항아리에 그린 얼굴』 『잃어버린 달빛』 (Ⅰ, Ⅱ)。 한국수필문학상, 노산문학상, 백제문학상 본상 외 다수

언어는 옛 고향 뒤뜰에서 스산한 잡초로 사라져 가고 있을까 두렵다.

돌이켜 보면 일제 탄압 속에서도 우랄알타이어 한민족 고유 언어인 우리말과 글을 생명 걸고 지켜오지 않았는가. 이제라도 일어서서 우리 언어의 오염, 변질, 소멸에서 구해 보리라. 봄이 오면 새싹을 틔우듯이 아직도 어딘가에 묻혀 녹슬고 있을 우리 토종어들을 두루 찾아 사랑 쏟고 갈고 닦아 윤기 나게 다듬어 가리라.

머지 않아 봄 새 살얼음을 뚫고 햇쑥들이 파릇파릇 솟아오른 산마루에 오르리라. 긴 겨울잠을 갓 깬 나무, 숲속에 사색의 뜨락을 펴리라. 햇쑥을 캐어내듯이 한국 토종어를 캐어 모아 놓고 하나부터 "아흔 아홉" "즈믄(천)" "골(만)" 등 우리의 순수 토종어들을 고루 펴 수놓아 보고 싶다. 아마 한국적 햇쑥 토향 맛 수필 진국이 물씬 느껴질 것을 상상하면서 나는 행복해 지리라. 한다면 잊었던 한국의 순수 언어로 꽃피운 수필 다발로 열판, 온(백)판 등의 축제 출판기념일을 꿈꾸어 볼 만도 하지 않을까.

TV를 켰다. "뉴스 속보입니다. 멕시코 남부 해상에서 100여 년 만에 가장 큰 규모의 강진이 발생했습니다. 주택과 건물이 무너지면서 60명 넘게 숨졌습니다. 건물 내부가 마치 춤을 추듯 요동칩니다. 사무실 천장에 달린 전등들이 곧 떨어질 듯 마구 흔들립니다. 멕시코시티의 상징인 36m 높이의 독립기념관도 좌우로 휘청거립니다. 한밤중 닥친 지진으로 주민들은 겁에 질린 채 집 밖으로 대피했습니다. 외교부 당국자는 '현지 시각 7일 오후 11시 49분께 멕시코시티 남동쪽 724km 해역에서 규모 8.1의 지진이 발생했'고 공식 확인했습니다. 그러나 다행히 현재까지 한국인 피해는 없는 것으로 알려졌습니다. YIN ○○○ 기자입니다."

동생 '만한'이 위독하다는 연락을 받았다. 동산병원 응급실로 빨리 가 보라며 울먹이는 형수의 전화를 받자마자 일손을 멈추고 택시를 잡아탔다. 내가 근무하는 직장 곁에 있는 병원이기에 가장 먼저 연락을 받은 것이다. 오늘따라 길은 왜 이리 막히는지, 급한 마음에 택시에서 내려 병원을 향해 무작정 달렸다. 불과 십여 분 사이 내 머릿속에는 온갖 생각이 스쳤다. 더 큰 병원으로 옮겨야 하나, 뇌를 다쳐 쓰러졌다니 수술을 받아야 하나, 혹 불상사라도 당했으면 어떻게 해야 하나… 턱까지 차오른 숨을 가까스로 추스르며 병원에 도착했더니만 이름표가 붙은 침상 밑에 신발만 남겨둔 채 사진 촬영하러 갔다고 한다. '일각여삼추一刻如三秋'의 시간이 흐르고, 환자를 실은 운반구가 도착하는 순간 나는 입을 딱 벌리고 말았다. 얼굴을 자세히 들여다보니 동생이 아니었다. 어릴 적 고향에서 함께 자라던 동명이인의 동생뻘 되는 지인이었다. 그제야 쌓였던 긴장이 한순간에 풀리면서 놀란 가슴을 쓸어내렸다. 고향 마을은 집성촌인 데다 이름도 돌림자를 따랐기에 동명이인이 더러 있었다. 그런 연유로 이 같은 에피소드는 가끔씩 있는 일이었다.

그런데, 참 이상한 일이다. 기자는 왜 다행이란 말을 했을까? 나는 왜 놀란 가슴을 쓸어내려야 했을까? 문득 얼마 전 TV를 통해 본 영화 〈어바웃 어 보이〉의 인상 깊었던 마지막 대사가 떠올랐다.

"모든 사람은 섬이다. 하지만 분명한 것은 섬들은 바다 밑에서 서로 연결돼 있다는 사실이다."

"선생님, 저는 고향 캄보디아에 왔습니다. 아버지가 돌아가셨어요. 그래서 수업에 못가요."

국내에 거주하는 외국인들이 한국어를 공부하는 사회통합프로그램의 수강생으로부터 카톡 메시지를 받았다. 엊저녁 10시 10분에 온 것을 오늘 아침에야 확인했다.

그의 친구로부터 들은 얘기로는 그의 아버지가 50대라고 했다. 나는 바로 답을 보내지 못했다. 너무 갑작스럽게 비행기를 타게 되고 비통해 할 그의 마음을 어떻게 어루만져 주어야 할지 몰랐다. 아침 내내 그의 생각이 내 머리의 절반 이상을 차지했다. 기도만이 내가 할 수 있는 유일함이었다.

'절박한 현실이 그를 정신적으로 단련케 하여 더욱 단단한 삶을 살 수 있도록, 그가 생로병사를 이해하고 원만히 살아갈 수 있도록 도와주소서.'

이번에 겪게 된 큰 슬픔을 견디어 내면 그는 분명 한 단계 훌쩍 뛰어오른 성장을 가져오리라. 나는 오히려 단단히 여물어 갈 그의 성장

약력 1982년 『수필문학』 등단. 총신문학상. sjm4113@naver.com

에 희망을 걸었다. 고통을 어루만지는 부드러운 힘이 내 안에서 일어나고 있는 것 같았다.

'아! 나는 아직 힘을 키우고 싶은 유혹이 있는 나이로구나. 세상의 유혹도 있고, 내 스스로의 유혹도 있다.'

두보는 '인생칠십고래희(人生七十古來稀)'라 하고, 공자는 '종심소욕불유구(從心所欲不踰矩)'라 했는데 지금 70은 겨우 철드는 나이런가? 나는 몇 년 후에 만날 70을 생각했다. 시공을 꿰뚫는 만남을….

결국 마음의 문제이지 시간과 공간은 큰 의미가 없는 것 아니겠는가!

나는 좋은 시대에 세상에 와서 잘살고 있음에 감사했다. 누구나 자신의 인생을 완성하고 떠나가고자 한다. 나도 내 인생을 완성해야 한다. 그것이 어떤 모습이 될까? 내가 할 수 있는 일은 마지막까지 최선을 다하는 것뿐일 것이다. 이 세상에서 스스로를 완전히 소진시켜야하며 그것은 바로 사랑을 남김없이 주는 것이리라.

나는 바람입니다

저 | 한국문인협회 수필분과 회장 지연희 외

한국문인협회 수필가의
짧지만 명료한 5매 수필
의 미학

한국문인협회 한국수필분과 ✕ 거름미디어